劳伦斯·布洛克作品
Lawrence Block

在死亡之中

In The Midst of Death

[美] 劳伦斯·布洛克 —— 著

黄文君 —— 译

上海译文出版社

图书在版编目(CIP)数据

在死亡之中/(美)布洛克(Lawrence Block)著;黄文君译.—
上海:上海译文出版社,2018.7
(劳伦斯·布洛克作品系列)
书名原文:In The Midst of Death
ISBN 978 - 7 - 5327 - 7638 - 2

Ⅰ.①在… Ⅱ.①布…②黄… Ⅲ.①侦探小说—美国—
现代 Ⅳ.①I712.45

中国版本图书馆 CIP 数据核字(2018)第 026958 号

Lawrence Block

In The Midst of Death

Copyright © 1976 by Lawrence Block

Published by agreement with the author,c/o Baror International,Inc.

Through the Chinese Connection Agency,a division of The Yao Enterprises,LLC.

Simplified Chinese edition copyright:

2018 SHANGHAI TRANSLATION PUBLISHING HOUSE(STPH)

图字:09 - 2014 - 825 号

在死亡之中

[美]劳伦斯·布洛克 著 黄文君 译
责任编辑/管舒宁 装帧设计/柴昊洲

上海译文出版社有限公司出版、发行
网址:www.yiwen.com.cn
200001 上海福建中路 193 号 www.ewen.co
启东市人民印刷有限公司印刷

开本 890×1240 1/32 印张 6.75 插页 2 字数 78,000
2018 年 7 月第 1 版 2018 年 7 月第 1 次印刷
印数:0,001—6,000 册

ISBN 978 - 7 - 5327 - 7638 - 2/I·4682
定价:39.00 元

1

十月份就像这个城市一样渐入佳境。夏日最后的暑热已经过去，真正沁骨的寒冬尚未到来。九月下雨，下得还真不少，但是现在都过去了。空气因此比平常少了点污染，而现在的气温则使空气显得更干净。

我驻足在第三大道五十几街街口的一个电话亭前。一个老妇人在街角撒面包屑喂鸽子，一边喂，一边发出咕咕咕的声音。我相信有一条城市法规是不准喂鸽子的，通常我们会在警察局里用这种法规向菜鸟警员解释，有些法律你会执行，有些法律你会忘记。

我走进电话亭，这个电话亭起码有一次被人错当成公共厕所，不过从外观看来倒也不意外。还好电话还能用；最近的公共电话大部分都能用，换在五六年前，绝大多数的室外公共电话亭的电话都是坏的。看来在我们的世界里，并不是每件事情都愈来愈糟，有些事的确是渐入佳境。

我拨了波提雅·卡尔的号码，她的电话录音机总是在铃响的第二声就启动，所以当电话铃响第三次时，我还以为我拨错号了。我一向都认为，只要我打过去，她就一定不会在家。

然而她却接了电话。

"喂?"

"卡尔小姐吗?"

"我就是。"电话里的声调不像录音机传出来的那么低，而声音里的伦敦梅菲尔口音也没那么明显。

"我叫斯卡德，"我说，"我想过来见你，我就在附近，而且——"

"很抱歉，"她打断我的话说，"我恐怕不会再见任何人了。谢谢你。"

"我想——"

"请打给别人吧。"然后她就挂了电话。

我找到另一个一角钱铜板，正准备放进投币口再打给她时，我改变了主意，把铜板又放回了口袋。我往商业区方向走了两个街口，又向东走了一个街口，来到第二大道和五十四街路口；我发现这里有家咖啡店的午餐吧台有公共电话，而且恰好可以看到卡尔小姐住的那栋大楼入口。我把铜板丢进电话，拨了她的号码。

她一接起电话，我就说："我叫斯卡德，我想跟你谈谈杰瑞·布罗菲尔的事。"

电话那头停顿了一下，然后她说："哪位？"

"我告诉你了，我叫马修·斯卡德。"

"几分钟前你打来过。"

"对，你还挂了我的电话。"

"我以为——"

"我知道你怎么想，我想跟你谈谈。"

"我真的很抱歉，真的，我不接受访问。"

"我不是媒体的人。"

"那你想知道什么？斯卡德先生？"

"你见了我就知道。我想你最好见我一面，卡尔小姐。"

"事实上，我想我最好不要见你。"

"我不确定你是否能够选择。我就在附近，我五分钟后到你那里。"

"不，拜托。"她停了一下，说，"你知道，我刚翻下床，你得给我一个小时。你能等我一个小时吗？"

"如果必须的话。"

"一个小时后你再来。你有地址吧？我猜。"

我告诉她我有，然后我挂了电话，坐在午餐吧台旁，叫了一杯咖啡和一个奶油餐包。我面对着窗户，这样我可以看着她住的大楼。等我的咖啡刚好凉到可以喝的程度时，我看见了她。

她一定是在我们边讲话时，就边换了衣服，因为她只花了七分钟便出门站在街头。

要认出她并不太费力。有关她的描述——蓬松浓密的暗红色头发——让人轻易地锁定她，而她则以母狮王般的姿态，将描述与她本人连在一起。

我站起来向门口走去，准备在我知道她要去哪儿的时候，马上就跟过去，但她却朝着咖啡店走来。当她走进门，我马上别开身回到我的咖啡所在之处。

她直接走向电话间。

我想我不该感到意外。有太多的电话是被监听的，所以任何从事犯罪或政治活动的人都晓得应该注意，并把所有的电话都当作被监听而依下列原则行动——所有重要或敏感的电话都不该在自己家里打。这里是离她家那栋大楼最近的公共电话，我因此选择了这里，她也因此正在这里打电话。

我向电话移近了一点，这么做只是为了满足自己而非有什么帮助。我看不到她拨的号码，也听不到她说什么。在我确认这一点之后，便付了咖啡和餐包的钱，离开那里。

我走过对街到她住的那栋大楼。

我其实在冒险。如果她打完电话便跳上出租车，我就会失去她的行踪，而我现在不想把她跟丢了，因为我并不是每一次都能找到她。我想知道她正打电话给谁，如果她去某处，我要知道她去的地点以及理由。

但是我不觉得她会叫出租车。她没带钱包，如果她要去哪里，她可能得先回家拿包，然后丢几件衣服在行李箱里带走，因为她已经让我给了她一个小时的活动时间。

于是我去了她住的大楼，在门口看见一个白发小老头。他有一双诚实的蓝眼睛，颧骨上有很多红疹子，他看起来对自己的制服感到很骄傲。

"找卡尔小姐。"我说

"她几分钟前刚离开，你正好错过了，绝不会超过一分钟。"

"我知道。"我拿出我的皮夹很快地弹开，其实里面根本没有东西让他看，就连联邦调查局菜鸟探员用的识别徽也没有。不过这不重要，这只是一个你一旦做了，你看起来就会像个警察的动作。他看到一闪而过的皮面，留下了足够的印象；对他来说，要求我让他仔细查看证件可能是很不礼貌的。

"几号公寓？"

"我真的希望你不会让我有麻烦。"

"如果你照规矩来就不会。她住几号公寓?"

"四楼G座。"

"把你的管理员钥匙给我,嗯?"

"我不该这么做的。"

"嗯,你要到城里的分局谈这件事吗?"

他不要。他只要我死到别处去,不过他没说出口,而把管理员钥匙交给了我。

"她应该几分钟内就会回来,你不要告诉她我在楼上。"

"我不喜欢这样。"

"你不必喜欢。"

"她是位和善的小姐,一直对我很好。"

"在圣诞期间很大方是吧?"

"她是个很和蔼的人。"他说。

"我相信你跟她的关系很好,但如果你告诉她,我会知道,然后我就会不高兴,懂吗?"

"我不会说任何事。"

"我会把钥匙还给你的,别担心。"

"说起来,这点我最不担心。"他说。

我乘电梯上了四楼。G座公寓面街,我坐在她的窗前望着咖啡店的入口。从这个角度我无法辨识是否有人在电话间,所以她可能已经离开，很快地闪过街角并坐上出租车。不过我不认为她会这么做。我坐在椅子上等，大约十分钟以后，她走出了咖啡店，站在街角——修长而醒目。

而且，明显的不肯定。她在那儿站了好一会儿，我读得出她心里的踌躇。她可能走向任何一个方向。但是不久，她很果决地转身，开始向我所在处走回来。我吐了一口不自觉屏住的气息，定下心来等她。

∞

当我听到她插进钥匙开锁，便离开了窗口贴墙站着。她打开门，然后在身后带上，并且拉上铁栓。她很有效率地锁了门，不过我已经在里面了。

她脱下淡蓝色风衣，把它挂在玄关的壁橱里。风衣之下，她穿了一件及膝的格子裙，上身是一件剪裁讲究有领扣的黄衬衫，她有双非常修长的腿和一副健美的运动员身材。

她再次转身，但是她的目光并没有扫到我所站的位置。于是我说："嗨，波提雅。"

尖叫声并没有真的传出来，因为她很快地用手捂着嘴止住了。有那么一会儿她以脚尖维持身体的平衡，一动也不动地站着，后来她才将手从嘴上移开，并将重心移回到膝盖。她深深吸了一口气然后屏住，她的脸本来就很白皙，但是现在简直像是被漂白了一样。她将手放在心口上，这个动作看起来有点夸张而虚假。当她意识到这一点，再次把手放下，然后做了几次深呼吸：吸气，吐气，吸气，吐气。

"你叫——"

"斯卡德。"

"你刚才打过电话来。"

"是的。"

"你答应给我一个小时。"

"最近我的表总是跑得很快。"

"的确。"她又深深吸了一口气，然后慢慢吐出来。她闭上了眼睛，我从靠墙的位置移出来，站在客厅中间距离她只有几步之遥的地方。她看起来不像个很容易昏倒的人，如果她是，她早就倒下了。不过她仍然非常苍白，如果她真的倒下，我希望在她落地前能稳稳地接住她。她的脸色慢慢恢复，同时也睁开了眼睛。

"我得喝点东西。"她说，"你要来点什么吗？"

"不，谢了。"

"那我自己喝了。"她走去厨房，我紧跟着，让她保持在我的视线之中。她拿出一瓶七百五十毫升装的苏格兰威士忌，并从冰箱里取出半罐苏打水，然后在玻璃杯里各倒了三盎司。"不加冰。"她说。"我不喜欢冰块撞我的牙齿，但是我习惯喝冰的饮料。你知道，这儿的房间都保持得比较暖，所以室温的饮料都不够冰。你确定不喝吗？"

"现在不要。"

"那，干杯。"她慢慢地一口把饮料喝尽，我看着青筋在她的喉咙浮动，一个长而可爱的颈项。她有着典型英国人的皮肤，而为了覆盖她，可是需要不少皮肤。我的身高大约六英尺，她最少有我这么高，可能还比我高一点。我想象她和杰瑞·布罗菲尔站在一起，布罗菲尔大概比她高四英寸，高度刚好与她匹配，他们一定会是很醒目的一对。

她又吸了一口气，颤颤地，然后将空玻璃杯放进水槽，我问她是不是还好。

"噢，好极了。"她说。她的蓝眼睛淡得近乎灰色，嘴唇十分丰腴但是毫无血色。我向旁边站开，她从我身边走过进了客厅，臀部轻拂过我的身畔。这样已经很够了，我跟她之间不可以再接近一点点。

她坐在蓝灰色的沙发上，从塑料玻璃边桌上的一个柚木盒子里，拿出一支小雪茄。她用火柴点燃雪茄，然后指着盒子做手势要我自己来，我告诉她我不抽烟。

"我换抽雪茄，因为大家都不抽。"她说。"所以我就当是烟一样地抽。当然，雪茄比烟浓得多。你怎么进来的？"

我举起钥匙。

"提米给你的？"

"他不想给，但是我没有给他太多选择。他说你一直对他很好。"

"我可是给足小费了，那个笨蛋小王八。你知道，你吓了我一跳，我不知道你要什么、你为什么在这里，或者你是谁。说到这一点，我好像已经忘记你的名字了。"我补答了她。"马修，"她说，"我真的不知道你为什么在这里，马修。"

"你在咖啡店里打电话给谁？"

"你在那里吗？我没注意到你。"

"你打给谁？"

她以抽雪茄拖时间，眼睛里多了些谨慎。"我不认为我需要告诉你。"她终于说。

"为什么你要控告杰瑞·布罗菲尔？"

"因为他勒索我啊。"

"为什么，卡尔小姐？"

"你刚才叫我波提雅，还是那只是吓唬人？警察总爱直呼你的名字，表现他们的轻视，这大概可以给他们某些心理上的优越感吧。"她用雪茄指着我说，"至于你，你不是警察，对吧？"

"不。"

"但是你也有点来头。"

"我以前是个警察。"

"哦。"她点点头，对答案很满意。"你当警察的时候就认识杰瑞了吗?"

"我那时并不认识他。"

"但你现在认识了。"

"没错。"

"你是他的朋友吗? 不，不可能。杰瑞没有朋友，他有吗?"

"他没有吗?"

"几乎没有，如果你跟他够熟就会知道。"

"我跟他不熟。"

"我怀疑有谁会跟他很熟。"她又吸了一口雪茄，轻轻把灰弹进雕花玻璃烟灰缸。"杰瑞·布罗菲尔是认识些人，认识的还不少，但是我怀疑他在这个世界上会有朋友。"

"你肯定不是他的朋友。"

"我从来没说我是。"

"为什么你告他勒索?"

"因为这项指控是真的。"她浮起小小的微笑。"他强迫我给他钱，一星期一百美元，不然他就找我麻烦。你知道吗，妓女是纤细而脆弱的生物。而当你考虑到男人为了跟一个女人上床所愿意付出的庞大金额时，一星期一百美元并不是那么了不起的数字。"她用手指指着她的身体。"所以，我给他钱，"她说，"提供他要的钱，并且还提供我自己。"

"有多久？"

"通常每次大概一个小时。干吗？"

"我是说你付钱给他有多久了？"

"哦，我不知道。大约一年吧，我想。"

"你来美国有多久了？"

"刚过三年。"

"你不想回去是吧？"我开始迈步，走到长沙发那边。"他们大概就是这样布钩。"我说。"照他们的方法玩，否则他们就把你当作不受欢迎的外国人给赶走。他们是不是这样把你扣死的？"

"真会措词，不受欢迎的外国人。"

"他们不就是这样——"

"大部分的人把我当作大受欢迎的外国人。"她那双冷冷的眼睛挑衅地看着我。"我不认为你对这点还有意见？"

她让我烦躁起来，这事儿挺让我困扰的。我又不是很喜欢她，为什么我要这么在意她有没有打动我？我想起伊莲·马岱曾经说，波提雅·卡尔的顾客名单中，有很大一部分的人是被虐待狂。我从不曾真正了解到底是什么事情让被虐待狂得到解放，但是在她面前几分钟就足以让我了解，一个被虐待狂会发现，在这位特别的女士身上，他正好可以找到满足幻想的要素；而在别种不同的方式上，她刚巧很适合我。

我们来来去去扯了一阵，她一直坚持布罗菲尔的确向她勒索现金，而我则不断试图跳过这段，想弄清楚是谁说服她对他做这些事。我们没有任何进展——也就是说，我没得到我想要的，而她也无处可逃。

于是我说："听着，直截了当地说，这些根本都不重要。他是否向你拿钱不重要，谁让你告他也不重要。"

"那你为什么在这里，小可爱？难道是为了爱？"

"重要的是，要怎样才能让你撤销指控。"

"急什么呢？"她微笑。"杰瑞都还没被捕呢，不是吗？"

"你没办法把这些事弄上法庭的。"我继续说，"你需要证据才能搞到起诉书，而如果你有的话，起诉书早该下来了，所以这只是中伤。但是对他而言，这是个棘手的中伤，他想摆平它。怎样才能让你撤销指控？"

"杰瑞一定知道。"

"哦？"

"只要他停止他所做的事。"

"你是指他和普杰尼恩？"

"我说过吗？"她已经抽完了她的雪茄，现在她又从柚木盒里拿出一支，但是她没有点燃，只是把玩着。"也许我并没指任何事情。不过你看看他的记录，其实我蛮喜欢这种美国风格，我们来看看他的记录：这些年来，杰瑞一直是个好警察，他在富理森丘有幢可爱的房子，还有可爱的妻子、可爱的孩子。你见过他的老婆和孩子吗？"

"没有。"

"我也没有，不过我看过他们的照片。美国男人真是'与众不同'。他们先给你看他老婆孩子的照片，然后再跟你上床。你结婚了吗？"

"现在没有。"

"你还有的时候，会在外面花吗？"

"有时候。"

"但是不会到处秀照片吧？会吗？"我摇摇头。"我就觉得你不会。"她把雪茄放回盒子里，伸了伸筋骨，打了个呵欠。"总之，他什么都做了，而他却带着有关警察多腐败的冗长故事跑去找特别检察官，然后开始接受报纸采访，然后他向警局告假；而突然之间，他却又有麻烦了，他被控习惯性每周向一个可怜的妓女索取一百美元。这让人觉得不单纯，对吧？"

"这就是他该做的？叫普杰尼恩停手，你就会撤销对他的指控？"

"我没说得这么直接，我有吗？反正，不必你到处挖，他一定也知道。我的意思是，这蛮明显的，你不认为吗？"

我们又扯了一阵，还是没什么结果。我也不知道我希望有什么结果，或者一开始我为什么要拿布罗菲尔的五百美元。波提雅·卡尔被某人胁吓的程度，远超过我费心潜进她的公寓带给她的恐惧。此时，我们就只是一味地在那儿言不及义，对于这点，我们也都相当清楚明白。

"太无聊了。"她突然说，"我要再喝一杯，你要吗？"

我想喝得要死。"不了。"我说。

她从我身边拂过，进入厨房。我闻到一阵浓浓的香水味，这个香味是我不熟悉的。我想下一次我再闻到的时候，我绝对会辨得出来。她带着一杯酒回来，又坐回沙发。"真无聊，"她说，"你何不坐到我身边来，我们来谈点别的，或者什么也不谈？"

"你可能会有麻烦，波提雅。"

她的脸上表现出警觉。"话可不是这么说。"

"你让自己蹚进浑水里了。你是个坚强的大女孩，但是你可能不像你自己想象的那么坚强。"

"你在恐吓我吗？不，这不是恐吓，对不对？"

15

我摇摇头。"你不必怕我，不过就算没有我，你要担心的事也够多了。"

她垂下眼睑。"我受够了坚强，"她说，"但是这个我很擅长的，你知道。"

"我很确定你是。"

"但是这太累人。"

"或许我可以帮你。"

"我不认为有谁可以帮我。"

"哦？"

她短暂地观察我，然后又垂下眼。她站起来穿过房间到窗口，我应该跟上去，她的举动仿佛在暗示我，要我过去到她身边，不过我还是留在原地。

她说："你我之间，有点什么在酝酿，对吧？"

"没错。"

"但是现在做什么都没有好处，时机不对。"她看着窗外。"此时此刻，我们对彼此一点好处都没有。"

我什么也没说。

"你现在最好离开。"

"好吧。"

"外面美极了。太阳、清新的空气。"她转身看我。"你喜欢这个季节吗?"

"噢,很喜欢。"

"这是我最喜欢的季节,我想。十月、十一月,这是一年里最棒的时候,但也最悲伤。你不觉得吗?"

"悲伤?为什么?"

"哦,很悲伤,"她说,"因为冬天要来了。"

2

我离开的时候，把钥匙交给管理员。虽然他看到我要离开，
却似乎并不高兴。我过街到第二大道的钱宁·乔伊士餐厅，坐进
一个包厢座。大部分的午餐人潮已经离去，留下来的人都喝多了
一两杯马丁尼，大概都不会再回办公室了。我叫了一个汉堡和一
瓶竖琴牌啤酒，然后就着咖啡喝了几杯波本。

我拨了布罗菲尔的电话号码，铃声响了一会儿依然没人接
听。我回到我的包厢座，又喝了一杯波本，同时思考一些事情。
有几个问题我似乎无法解答。为什么我那么想喝一杯的时候，却
拒绝了波提雅·卡尔的酒？而且为什么（如果这不是同一个问题
的另一个版本）我也拒绝了波提雅·卡尔本人？

我在西四十九街上那个演员们常去的圣马拉契教堂又想了想
这个问题。这个教堂比街面略低，是个提供安宁和静谧的隐秘的
宽敞空间。如果不是对百老汇戏院区了如指掌的人，很难找到这

里来。我选了一个走道的位子，让我的思绪漫游。

很久以前我认识的一个女演员曾经告诉我，她不工作的时候每天都来圣马拉契。"我想就算我不是天主教徒也没有关系，马修，我不认为有什么关系。我做小小的祈祷，点亮我小小的蜡烛，为我的工作祈求，我不知道有没有用。你认为可以向上帝要求一个好一点的角色吗?"

我在那里一定待了将近一个小时，脑子里跑过许多不同的事情。出去的时候，我在济贫箱里放了几块钱，点了几根蜡烛，不过没有祷告。

∞

我几乎整个晚上都耗在我住的旅馆对面的宝莉酒吧。查克站在吧台里，心情好得每过几巡就请店里的客人一杯。傍晚的时候，我联络上我的客户布罗菲尔，并且把我和卡尔小姐的会面简单叙述了一遍。他问我接着打算怎么进行下去，我说我应该把事情厘清，如果有什么他该知道的事，我会跟他联络。但当晚没有发生跟这事有关的，所以我就不必打电话给他，也没有其他的事需要打电话给别人。我在旅馆拿到一个电话留言，安妮塔打来并要我回电，但这不是个我想和前妻讲话的夜晚。我继续留在宝莉，查克每次倒满酒我都喝完。

大约七点半的时候，一群小伙子进来，然后开始玩点唱机，并且尽点乡村和西部歌曲。通常我可以像忍耐其他事情一样忍耐这类音乐，但是因为某个理由，或者我那时候就是不想听，总之，我付了账，走到街角的阿姆斯特朗酒吧。在这里，唐总是把收音机定在 WNCN 电台，他们总是放莫扎特。而且这里人不多，你可以真正地听听音乐。

"他们把电台卖了。"唐说。"新的老板准备转型为流行摇滚乐；这座城市的摇滚电台难道还不够多吗？"

"事情总是愈来愈糟。"

"这点我完全同意。有个抗议行动要求他们维持播古典音乐，但是我不认为这行动能有什么作用，你说呢？"

我摇头："做什么都没用。"

"看来你今晚的心境正佳，真高兴你没有闷在房间，反而决定来这里散播欢乐散播爱。"

我把波本倒进我的咖啡里，然后搅拌一下。我心情的确是烂透了，却无法知道到底是为了什么。当你知道是什么在困扰你的时候都已经够烦了，更何况不知道的时候。一旦折磨着你的恶魔隐身起来，要对付他们就更加困难。

∞

那是一个奇怪的梦。

我不常做梦，酒精有让睡眠陷入更深层的效果，这个层次比梦境发生的层次更深远。有人告诉我酒精中毒者坚称发酒疯是他们做梦的机会，因为他们入睡之后不能做梦。一个人醒着做梦就是发酒疯，但是我还没有因为酒精中毒而发疯，而我对于自己一向无梦的睡眠也很感恩。有一段时期，有关于喝酒会不会发疯和做梦曾经引起诸多讨论。

但是那晚我做梦了，而且我觉得那个梦很奇怪，她也在梦里。梦里的波提雅和本人一样有着高挑的身材、引人注目的美丽、低沉的声音和好听的英国口音。我们坐着讲话，她和我，不过不是在她的公寓。我们在一个警察局，我不知道那是哪一个警察局，但是我记得我感觉很自在，所以可能是我曾经派驻的地方。那里有穿着制服的警察四处走动，有市民在申诉，而这些在我梦里跑龙套的人，都是在类似官兵捉强盗的电影里串场的那些人。

我们就处于这个场景的中央。波提雅和我，我们赤裸着，正准备做爱，但是我们必须透过谈话先证实些什么。我不记得到底必须证实什么，不过我们的谈话一直持续着，却愈来愈难懂。我们一直没有进展，然后电话铃响了，波提雅拿起听筒，用她在电话录音机里的声音回答。

但是电话却仍一直在响。

当然，是我的电话，我把真实的电话铃声带进梦里了。如果不是电话铃声把我吵醒，我很确定最后一定会把这个梦忘得一干二净。在我甩开残梦的同时，我也把自己摇醒，然后摸索电话，把听筒拿近耳边。

"喂?"

"马修，如果我把你吵醒了我很抱歉。我——"

"是哪位?"

"杰瑞，杰瑞·布罗菲尔。"

我就寝时习惯把手表放在床头柜上。我在黑暗中伸手找表，但是找不到。我说："布罗菲尔?"

"我猜你还在睡觉。听着，马修——"

"现在几点?"

"六点刚过几分。我只是——"

"老天!"

"马修，你醒着吗?"

"噢，他妈的，我是醒了。老天，我说打电话给我，但是我没叫你半夜打给我。"

"听着，这是紧急事件。你就让我讲话好吗？"我第一次注意到他声音里有一丝紧张，他的声音肯定一直如此，只是我以前没注意。"我很抱歉吵醒你，"他继续说，"但是我终于找到机会打电话，我不知道他们会让我待多久，你让我讲一分钟就好。"

"你在什么鬼地方？"

"男子拘留所。"

"那个人称'墓穴'的地方？"

"没错，墓穴。"他现在讲得很快，仿佛要在我可能打断他之前一口气全说完。"他们在巴洛街的公寓等我，我大约两点半回到家，他们已经在那里了。这是我第一个打电话的机会，我跟你讲完之后，马上要打给律师。马修，我将会需要好几个律师，他们设计得太好了，好得让人无法在陪审团前翻案，他们逮到我了。"

"你在说什么？"

"波提雅。"

"她怎么了？"

"昨晚有人把她给杀了，勒死还是什么的。他们把她丢到我的公寓之后就报了警，我也不知道所有的细节，反正他们因此把我抓进来。马修，不是我干的。"

我什么也没说。

他的声音提高了，近乎歇斯底里。"不是我干的，我干吗要杀那个婊子？还把她留在我公寓里？这一点也不合理，马修，但是它不需要合理，因为这整件鸟事就是个圈套，而他们有办法让人摆脱不了这个圈套，他们就打算这么做！"

"冷静点，布罗菲尔。"

沉默。我想象他把牙齿咬得咯咯作响，强迫让自己冷静下来，就像一个驯兽师在满笼子的狮子和老虎面前甩鞭子一样。"好，"他说，声音恢复了爽快。"我累死了，疲倦开始上身。马修，这档事我需要人帮忙，你的帮忙。马修，你要多少我都可以付给你。"

我叫他等一会儿。我刚睡了大概三个小时，这会儿才清醒得足以了解我有多么不舒服。我放下听筒，走进浴室，在脸上冲了几把冷水。我小心地避开镜子，因为我完全知道镜中怒视着的脸会是个什么样子。梳妆架上一夸脱装的波本还剩下一英寸高，我直接就着瓶子喝了一小口，甩甩头，又坐回床上，拿起听筒。

我问他以前有没有被逮过。

"就只有这次，还是杀人指控。他们抓了我，就不能不让我打电话。你知道他们怎样吗？他们逮捕我的时候，对我宣读我的权利。那一整段米兰达条款！去他祖奶奶的，你猜这段词儿我对那些操他妈的恶棍说过多少次？而他们居然逐字念给我听。"

"你还得打电话给律师吧?"

"对,找个不错的律师,不过他一个人绝对应付不了。"

"嗯,我不知道我能帮你什么。"

"你能来一趟吗?不是现在,我现在还不能见任何人。等一等。"他一定拿开了电话,但我还是能听到他正在问某人,他何时可以见客。"十点。"他告诉我。"你可以在十点到十二点之间到这里吗?"

"我想可以。"

"我有很多事要告诉你,马修,但是我不能在电话里说。"

我告诉他我会在十点以后去看他。我挂回电话,然后打开波本的瓶塞又小啜了一口。我头痛得钝钝的,我怀疑波本也许不是世界上最能止头疼的东西,但是我想不出其他更好的东西。我躺回床上,拉上毯子。我需要睡眠,虽然我知道我再也睡不着了,但是起码我可以再躺一两个小时休息一下。

这时我想起了那个被他的电话猛然拉回现实的梦。我还记得,然而在清楚、鲜活的那一瞬间闪过之后,我却开始颤抖了。

3

这一切开始于两天前，一个凉爽的星期二午后。我的那一天在阿姆斯特朗酒吧开始，当时我正以波本加咖啡进行惯常的"平衡动作"——咖啡使一切速度加快，波本则使一切速度减慢。我正在看《邮报》，而且对于我所阅读的内容十分投入，因此根本没注意到他拉开我对面的椅子坐下。他清了清喉咙，我抬头看他。

他是个有一头黑色鬈发的小个子，他的脸颊凹陷，额头非常突出，留着山羊胡，但是上唇的胡子刮得非常干净。透过厚厚的眼镜，他那双炯炯有神的深棕色眼睛显得更大了。

他说："在忙？马修。"

"还好。"

"我想跟你谈一下。"

"没问题。"

我认识他，但不是很熟。他叫道格拉斯·佛尔曼，是阿姆斯特朗的常客。他喝得不是很多，但是每个星期总来个四五次，有时候会带一个女伴，有时候就他自己一个人。他通常只叫杯啤酒，就可以谈上好一会儿的运动、政治或任何当天的话题。就我所了解，他是个作家，虽然我不记得曾经听他讨论过自己的作品。不过他显然混得不错，因此不需要有别的工作。

我问他有什么事。

"我认识的一个家伙想见你，马修。"

"哦？"

"我猜他想雇用你。"

"带他来呀。"

"那不可能。"

"噢？"

他开始要说些什么的时候，崔娜走过来问他要喝什么，他便打住。他叫了啤酒，而在崔娜走去拿啤酒、把啤酒送来又走开的这段时间里，我们就呆呆坐在那里。

然后他说："事情有点复杂，他现在不能公开露面，他，呃，躲起来了。"

"他是谁？"

"这是秘密。"我白了他一眼。"呃，好吧。如果你看的是今天的《邮报》，也许你已经看到有关他的事情。无论报纸是不是今天的，你都可能看到他，过去几个星期，所有报纸满满都是他的消息。"

"他叫什么名字？"

"杰瑞·布罗菲尔。"

"就是那家伙？"

"他现在可说是非常'抢手'。"佛尔曼说，"自从那个英国女孩控告他之后，他就躲起来了，但是他不能躲一辈子。"

"他躲在哪里？"

"他的一间公寓。他要你去那里见他。"

"在哪里？"

"格林威治村。"

我拿起我的咖啡，仿佛咖啡会告诉我什么似的盯着它。"为什么找我？"我说，"他认为我能帮他些什么？我不懂。"

"他要我带你去那里，"佛尔曼说，"他会付钱给你，马修。怎么样？"

∞

我们搭出租车沿第九大道下行，然后停在巴洛街靠近贝福大道处，我让佛尔曼付了车钱。我们走进一栋没有电梯的五楼公寓的前庭，大部分的门铃上面都没有标示牌。这栋建筑要么是废弃了，正待拆除，不然就是布罗菲尔的邻居房客和他一样都希望匿名。佛尔曼按了其中一个没有标示的门铃，先按三次，等一下，又按了一次，最后再按三次。

"这是暗号。"他说。

"陆路一次，海路两次。①"

"啊?"

"当我没说。"

一阵嗞嗞声后，他推开门，说："你往上走，三楼 D 座。"

"你不上来吗?"

"他要单独见你。"

这是个算计我的聪明方法，而我已经上钩，并且正在半路上。佛尔曼已经退开，没有其他方法可以知道我会在三楼 D 座看到什么。不过，我也想不出谁有什么特别好的理由等着伤害我。我爬到一半时，停下来仔细想了想，我的好奇心跟理智经过一番天人交战，终于成功战胜了转身回家置身事外的念头。我上到三楼，在 D 座的门上敲了三——一——三的暗号，门马上就开了。

———————

① One if by land and two if by sea. 是美国独立战争时，为了辨识英军进攻路线而设立的暗号。若是从陆路进攻，则点亮一盏灯笼，海路则是点两盏。

他看起来就像照片里一样。自从艾柏纳·普杰尼恩在他的协助下，对纽约市警局贪污案展开调查后的几个星期以来，他就一直出现在各家报纸上。但是报上的照片无法让你感觉他的高度；他最少有六英尺四英寸，并且练出一副宽阔的肩膀和厚实的胸膛，而他的肚子也有"扩容"的趋势。他现在三十出头，再过十年他可能增加四五十磅，他会需要他的每一寸高度来承担这些重量。

如果他能再活十年的话。

他说："道格呢？"

"他在门口留下我就走了，他说你要单独见我。"

"没错，不过那个敲门声，我以为是他。"

"我破解了暗号。"

"啊？噢！"他突然咧嘴而笑，这一笑真的让室内明亮起来。笑容让我看见他的牙齿很密，不过他露齿一笑所产生的效果不止如此；由于这个笑容，他的脸庞整个开朗了起来。"你就是马修·斯卡德。"他说。"快进来，马修。这房子不大，但是比牢房好多了。"

"他们能让你坐牢吗？"

"他们可以试。他们正他妈的在试。"

"他们逮到你什么？"

"他们找到一个英国疯婊子，有人已经控制了她。你对事情的发展知道多少？"

"就是我在报纸上看到的那些。"

我对报纸并没有那么注意。我知道他的名字叫杰瑞·布罗菲尔，是个警察，已经从警十二年了。六七年前，他还只是个没星没线的小警员，几年之后，他已经升为三级警探，事发时他就是这个警阶。然而几个星期前，他却把警徽丢进抽屉，开始协助普杰尼恩让纽约市警局难看。

他闩门的时候我就站在那儿打量这个地方。看起来，这里的房东将所有的配备与房子一并出租，所以公寓里没一样东西能透露有关房客个性的任何线索。

"那些报纸，"他说，"嗯，他们很接近事实。他们说波提雅·卡尔是个妓女，嗯，他们说对了；他们说我认识她，这也是真的。"

"他们还说你剥削她。"

"错，他们说'她说'我在剥削她。"

"你有吗？"

"没有。这里，请坐，马修，不要客气。你要喝点东西吗？"

"好。"

"我有苏格兰威士忌、伏特加和波本，而且我想应该还有一点白兰地。"

"波本好了。"

"加冰？加苏打？"

"纯的就好。"

他倒了酒，纯波本给我，满满的威士忌加苏打给他自己。我坐在一个有穗饰的绿色长沙发上，他则坐进与长沙发配套的单人沙发座。我喝了一口波本，他从西装上方的口袋里拿出一包云斯顿香烟，递给我一支，我对他摇摇头，他便为自己点燃。他用的是登喜路的打火机，不是镀金就是纯金的。西装看起来像是定制品，他胸前口袋上绣了漂亮的名字字母缩写的衬衫绝对也是量身特制。

我们边喝边打量着对方。他有一张大而带着方下巴的脸，蓝色的眼睛上方有着两道清楚分明的眉毛，其中一道眉毛被一个旧伤疤一分为二；他淡黄色的头发有点短，因而显得有些不合时宜。他的长相看起来宽大诚实，但是在看了一会儿之后，我判断他是装的，他知道如何利用长相的优点。

他看着烟扬起的青烟，好像那些烟有话对他说似的。他说："那些报纸上的报道让我看起来很坏，是不是？聪明的臭警察密告整个警局，然后他的功绩又因为一个可怜的小妓女而一笔勾销。对了，你在警界待过，多少年？"

"差不多十五年。"

"那你该了解那些报纸。媒体不必搞对每件事，他们的工作是卖报纸。"

"所以呢？"

"所以读了报的你必须去除某些有关我的印象。从报纸上看来，我要不是个被特别检察处制伏的坏蛋，就是个神经病。"

"哪一个是对的？"

他闪过一抹笑容。"都不是。老天，我在警界待了都快十三年了，我不是昨天才知道有些家伙偶尔会拿钱。不过从来没人抓到我任何把柄。他们在普杰尼恩办公室外面到处否认，他们说从头到尾我都是自愿合作的，他们没有要求，是我自己跑去的，自始至终。听着，马修，他们是人不是神，如果是他们设计让我窝里反，他们应该会拿这件事来说嘴，而不是否认。但是他们却不断说是我走进检察处，然后把一切事情摊出来的。"

"所以呢？"

"所以贪污是事实，就这样。"

他以为我是神父吗？我不在乎他是神经病还是坏蛋，还是两者都是，或是两者都不是。我不想听他的告白。他让人把我带来，想必有个目的，现在他就当着我面替自己开脱。

"马修，我有个麻烦。"

"你说他们没抓到你的任何把柄。"

"这个波提雅·卡尔，她说我敲诈她，每个星期向她讨一百美元，不然就打她。"

"但是这不是事实。"

"不，不是。"

"那她就无法证明。"

"对，她什么屁都无法证明。"

"那还有什么问题？"

"她还说我上她。"

"哦。"

"对，我不知道她能不能证明这部分，但是，去她妈的，这是真的。你知道，这不是什么了不起的事，我本来就不是圣人。现在所有的报纸都报道了这件事，还有那鬼扯的勒索，突然之间我不知道我该怎么做了。我的婚姻本来就已经有点不稳定，只要我老婆的朋友或家人读到我怎么跟这个英国婊子来往的故事，我老婆就会走人。你结婚了吗，马修？"

"曾经。"

"离婚了？有小孩吗？"

"两个儿子。"

"我有两个女儿一个儿子。"他啜了一口酒，将烟灰弹进烟灰缸。"我不知道，也许你喜欢离婚后的生活，我可不要。这桩勒索案子，真把我给搞惨了，我吓得都不敢离开这个操他妈的公寓。"

"这地方是谁的？我一直以为佛尔曼住在我附近。"

"他住在西五十几街，你家在那附近吗？"我点点头。"嗯，这个地方是我的，马修，我一年多前刚买下。我有个房子在城外的富理森丘，我想如果我需要在城里有个地方的话，这里挺不错的。"

"有谁知道这里？"

"没人。"他斜身捻熄香烟。"有个关于政治人物的故事。"他说。"有一个人，民意调查显示他有了麻烦，他的对手就要将他彻底打败，于是那人的竞选干事就说：'好，我们要做的，就是散播一个故事，告诉大家他跟猪搞。'然后这位候选人就问这是不是真的，竞选干事就说不是。'我们就是要他否认这件事，'干事说，'就是要他否认。'"

"我懂了。"

"你丢的泥巴够多，总有些泥巴会粘住。有些他妈的警察用波提雅把我引出来，事情就是这样。他们要我停止与普杰尼恩合作，然后她就会撤销那些控诉，整件事情就是如此。"

"你知道是谁干的吗？"

"不知道。我不能突然停止与普杰尼恩合作，而我又要这些控诉被撤销。他们在法庭上不能把我怎么样，但这不是重点。就算不上法庭，他们也会进行局内调查；如果他们知道他们将要面对什么样的结论，他们就会住手，否则他们会马上将我停职，最后把我踢出警局。"

"我以为你辞职了。"

他摇摇头。"老天，我为什么要辞职？我都待了十二年多，就快十三年了，我现在为什么要辞职？我一决定跟普杰尼恩联络时，我就开始休假。你无法一边值勤，一边又要应付特别检察官。待在局里有太多被恶整的机会了，但是我从来没想过要辞职。等事情结束，我还想回去上班。"

我看着他。如果他的最后一句话是真的，那他就要比他看起来或表现出来的笨得太多。我不了解他帮普杰尼恩的目的是什么，不过我确定他的警察生涯是玩完了。他已经让自己沾上污点，下半辈子都得背上这样的烙印过活了。他已经让他自己从警官变成一个死老百姓，只要他活着，这个阶级标志就不会消失，这与调查是否动摇警局无关，这也和谁会因此被迫提早退休或者谁会垮台无关。这些都不要紧，每一个在职警察——清白的或肮脏的、正直的或贪污的——这一生都会对杰瑞·布罗菲尔冠上卑鄙之名。

他应该知道这一点，毕竟他在这一行待了十二年。

我说："我不知道我要从哪里切入？"

"帮你换一杯饮料？马修？"

"不必了。你要我从何处进场？布罗菲尔。"

他仰起头眯上眼。"很简单，"他说，"你曾经是警察，所以你知道那些手段，而你现在是个私家侦探，因此你可以自由运作。然后——"

"我不是私家侦探。"

"我听说是。"

"侦探得经过重重考试取得执照，他们收费而且保存记录、要申报所得税，这些我都不做。有时候我会为某些朋友做某些事情，当作人情；对方有时会给我钱，也是人情。"

他再次仰起头，然后很了解地点点头，似乎表示他很高兴知道这里面有个秘密机制，而他也很高兴知道这个机制是怎么回事。每个人都有自己的立场，我的就是这样，而他则敏锐得足以了解我的立场。这孩子喜欢选边站。

"好，"他说，"不管你是不是侦探，你都可以卖我一个人情。你可以去见波提雅，搞清楚为什么她要卷进这档子事，你看看她有什么事犯在他们手上，而我们可以怎样突破他们的控制。最要紧的是，搞清楚到底是谁让她提出控告；如果我知道那个杂种的名字，我们就知道怎么跟他打交道。"

他继续这样说，但是我不太在意。当他慢下来喘口气的时候，我说："他们要你和普杰尼恩冷却下来，要你离开这个城市，停止合作。"

"他们一定想这样。"

"那你为什么不？"

他瞪着我。"你一定在开玩笑。"

"你最初为什么会和普杰尼恩联手？"

"马修，你不觉得那是我的事吗？是我雇你帮我做事。"也许他觉得这些话太尖锐了，便试图以微笑缓和。"他妈的，马修，又不是说你得知道我的生日或是口袋里有多少铜板才能帮我，对吧？"

"普杰尼恩没有你的把柄，你只是自己走进他办公室，告诉他你有一些可以动摇整个市警局的讯息。"

"没错。"

"而且也不是说你过去这十二年来都被蒙在鼓里。你又不是唱诗班的纯洁小男生。"

"我？"他大大地一笑。"完全不是，马修。"

"那我就不懂了。你的目的何在？"

"我一定要有目的吗？"

"你绝不会没有目的而上街乱走。"

他想了一下，决定不对这句话发火，并以咯咯笑声取代。"你一定要知道我的目的吗？马修。"

"嗯。"

他啜了一口酒，仔细地思量。我几乎希望他叫我滚蛋，我想走开然后把他忘记。他是个卷入某件我无法理解的事，也无法让我产生好感的人，我真的不想蹚这浑水。

然后他说："你应该比其他人都要了解。"

我沉默不语。

"马修，你曾经在警界十五年，对吧？你有过升迁，你做得很好，所以你一定知道状况。你必须是个清楚游戏规则的人，我说得没错吧？"

"说下去。"

"你在里面待了十五年，再混五年，你就可以拿到退休金，但是你却提早卷铺盖走人。你这就可以懂我的想法了，是不是？你到了一个临界点，就再也无法忍受贪污、敲诈、花钱消灾这类脏事都在你身边发生。你的情况是，你打包回家，远离那里。我尊重你的想法，相信我，我说真的。但是我考虑过后，我觉得这对我不够，这样的路不适合我，我不能就这样从我待了十二年的地方拍拍屁股走人。"

"就快十三年了。"

"啊?"

"没事,你继续说。"

"我是说我不能只是转身走开,我必须做点什么让事情好转。不必全部变好,也许只好一点点,而这表示有些大头要卷铺盖走人。我很抱歉,但是一定得这么做。"他那张一直故作真诚的脸上,突然出现一个大得吓人的笑容。"听着,马修,我不是他妈的什么圣徒,我是个会选边站的人,你之前这么评断我,说得没错。我知道一些艾柏纳难以置信的事情,一个正直的人绝不会听到这些事情,因为那些聪明家伙在他走进房间时会闭嘴,但是像我这样的人就有机会听到一切。"他向前倾身。"我再告诉你,也许你不知道。当你还有警徽的时候,情况可能还没有这么糟,但是这他妈的整个城市都是可以卖的。任何领域你都可以买通警察,一直到一级谋杀。"

"我从来没听说。"这句话并不完全真实,我听过,只是从来不相信。

"不是每一个警察都这样,马修,当然不是。但是我知道两个案例——这两个是我知道的事实——有几个家伙跟他们的头儿因为杀人在街上被逮,结果他们买通地下渠道让他们得以走出警局。还有迷幻药,操,我不必告诉你迷幻药的事情,那是一个公开的秘密。每个毒贩头子都会在暗袋里放个几千块，随身携带，那叫'过路费'——警察堵你的时候，你塞给他，他就会放人。"

事情一直都是这样的吗？对我来说似乎不是。警察总是拿钱，有人拿多，有人拿少，有人对于顺水钱财来到面前绝不说不，另外有些人的确到外面为钱奔走。但也有些事不会有人做：不会有人拿杀人犯的钱，不会有人拿毒贩的钱。

但是世事的确会改变。

"所以你就再也受不了了。"我说。

"对，而你应该是最不需要我说明这些事情的人。"

"我不是因为贪污才离开警界的。"

"哦？那是我弄错了。"

我站起来走向他刚才放下波本酒瓶的地方，给自己加了酒，喝下一半，然后我站着说："贪污从未让我那么困扰，那让我家衣食无缺。"我说给布罗菲尔听，也说给自己听。他并不真的在乎我怎么离开警局，如同我也不怎么在意他是否知道真正的理由。"我拿我能拿的。我从来不会到处伸手，我也从不让一个我认为犯下严重罪行的人用钱脱罪，但是我们也从未有一个星期是光靠市府粮饷过日子的。"我将杯里的酒一饮而尽，"你拿了很多，市府付的薪水买不起这套西装。"

"毫无疑问。"那个微笑又来了，我不是那么喜欢它。"我拿了很多，马修，毋庸多辩。但是我们都划了一定的界限，对吗？你到底为什么辞职？"

"我不喜欢勤务的时间。"

"说真的。"

"这个理由很真了。"

我只想告诉他这么多。就我所知，他已经知道整件事的来龙去脉，或者是最近在街头巷尾传说的版本。

理由其实很简单。几年前我在华盛顿高地的一个酒吧喝了点酒，当时我没当班，所以我可以随心所欲地喝。这个酒吧是一个条子们可以免费喝酒的地方，或许这已构成贿赂警察之嫌，不过我倒也从来不会因此良心不安。后来两个年轻混混进来打劫，并且在离开的时候开枪打死了酒保。我追到街上，射光配枪里的子弹，打死了一个小杂种，另一个则给打跛了，但是其中一颗子弹去了不该去的地方。它射到什么东西反弹回来，或者反弹了好几次，最后射进了一个叫艾提塔·里维拉的七岁小女孩的眼睛，并穿过眼睛射进了她的脑袋。艾提塔·里维拉死了，绝大部分的我也死了。

事后他们进行调查，我不但完全无罪，甚至还获得了嘉奖。不久之后，我便辞了职，并且与安妮塔分居，搬进了五十七街上的旅馆。我不晓得这一切是怎么串在一起的，或是这一切是否真的有所关联；不过似乎种种因素加起来，导致我无法再热中于当个警察。但是这一切都与杰瑞·布罗菲尔无关，因此他也不会从我口中听到这些。于是我说："我并不是很清楚我能替你做什么。"

"你能做的比我能做的要多，你可没有被困在这间鬼公寓里。"

"谁帮你带食物？"

"我的食物？哦，我出去随便吃吃就好，不过我吃得不多，也不常出去。我离开这栋大楼或回来的时候都会注意不要让人看到。"

"迟早有人会跟上你。"

"他妈的，这个我知道。"他又点了一支烟，他的金色登喜路打火机就像一块金属片消失在他的大手掌中。"我只是想给自己争取几天时间。"他说，"如此而已。波提雅昨天把她自己晒到所有的报纸上，从那时候起我就在这里了。我想如果我运气好的话，我可以在这个安静的小区躲上一个礼拜。在那之前，也许你可以让她停止动作。"

"也或许我什么也不行。"

"你会试吗？马修？"

我其实不太想。我手头是有点紧，但这并不困扰我。现在是月初，我的房租已经付到月底，手上还有足够的现金让我泡在波本和咖啡里，也有一点闲钱可供我吃点好吃的奢侈一下。

我不喜欢这个自大的龟儿子，但是这并不妨碍我帮他做事。事实上，我通常喜欢帮我不喜欢也不尊敬的人做事，这样成效很差的时候我不会太痛苦。

所以我不喜欢布罗菲尔根本不是问题；同样不成问题的是，他告诉我而我又相信的大概不超过百分之二十——只是，我不确定该相信哪百分之二十。

而最后这一点可能帮我做了决定。因为我显然想搞清楚关于杰瑞·布罗菲尔的事哪些是真的，哪些又是假的；他为什么和艾柏纳·普杰尼恩联手；波提雅·卡尔在其中又扮演什么角色；以及是谁、如何、为什么要设计他。我不知道我为什么要知道这些，但是我显然想知道。

"好吧。"我说。

"你愿意一试？"

我点头。

"你会要些钱。"

我又点头。

"多少？"

我向来不知道该如何收费。这笔生意听起来好像不会花很多时间——无论我能不能找到方法帮他，而不管能或不能，要不了太久我就会知道。但是我不想给自己开价太低，因为我不喜欢他，因为他很狡猾，穿着昂贵的衣服，并且用镀金的登喜路打火机点烟。

"五百美元。"

他觉得这简直是天价。我告诉他，如果他想，他可以找别人。他马上向我保证他没有那个意思，然后他从西装内袋拿出一个皮夹，点出许多二十元和五十元钞票。在他把五百美元放在他面前的桌上之后，他的皮夹里依然剩下很多。

"希望你不介意付现。"他说。

我告诉他，没有问题。

"没人会介意这个，"他说，然后又给我一个招牌微笑。我坐在那里看了他一两分钟，然后向前倾身拿了那笔钱。

4

　　它正式名称是"曼哈顿男子拘留所"，但我从没听过有谁这么称呼它。大家都叫它"墓穴"，我不知道为什么，不过这个名字倒是与褪色、冰冷而且毫无生气的建筑以及里面的"居民"十分相称。

　　它位于怀特街口的中央街上，离警察总局和刑事法庭大楼很近。每隔一阵子，就因为内部骚动而出现在报纸和电视新闻上，然后市民们会看到一则报道，揭露里面令人毛骨悚然的状况，然后许多热心公益的市民开始签名请愿，有人会任命一个调查委员会，许多政客便因此频开记者会，里头的警卫便因此要求加薪，几个星期之后，一切烟消云散。

　　比起绝大部分的城市监狱，我不认为这里糟到哪里去。它的自杀率很高，但那是十八到二十五岁的波多黎各男子在无特殊理由的情况下，在牢房里上吊的倾向造成的部分结果——除非你把

"身为一个被关在牢里的波多黎各人"视为充分的理由。同一个年龄层而且处于相同状况的黑人和白人也会自杀，但是波多黎各人的比例较高，而纽约的波多黎各人又比其他城市多。

另一个使比例升高的原因是，无论全美国的波多黎各人是否用天花板的灯架上吊，"墓穴"的警卫都不会因此放弃一点点睡眠。

在经过几个小时的辗转反侧、头昏脑涨之后，我于十点半抵达了"墓穴"。我在路上草草吃了点早餐，并且看了《纽约时报》和《新闻报》。关于布罗菲尔和那个"据说"被他杀害了的女孩，没太多特别的报道。《新闻报》登了这则新闻，当然也上了头条，还在第三版大肆渲染了一番。但要是我相信报纸上写的，波提雅·卡尔就不是被勒死的；因为报道写某人拿了什么东西重击了她的脑袋，然后用利器刺进了她的心脏。

布罗菲尔在电话里说，他想她曾经被勒颈。这意味着他可能是在装傻，或者是他搞错了，要不然就是《新闻报》上都是狗屎。

无论是对是错，《新闻报》上就登了这些，其他则是些背景资料。即便如此，他们还是领先了《纽约时报》——这个全市最晚降版的报纸连一行字也没有登。

∞

　　他们让我在他的牢房里见他。他穿着窗格子似的西装，海军蓝的底，浅蓝线条，里面是件定做衬衫。如果你要接受审判就能穿着自己的衣服，不过如果你进了"墓穴"，就得穿上标准的囚服。但是这不会发生在布罗菲尔身上，因为如果他被定罪，他将会被送到纽约州北部的新新、丹摩拉或亚提加监狱；谋杀罪不会在"墓穴"服刑。

　　警卫打开他的牢房铁门，把我和他一起锁在里面。我们一直默视着彼此，直到警卫大概已经远得听不到我们谈话，他才说："老天，你来了。"

　　"我说过我会的。"

　　"对，但是我不知道是否该相信你。当你环顾四周，发现自己被关在牢房里，发现你成了阶下囚，发现一件你绝不相信会发生的事情，竟然真的发生了。他妈的，马修，我已经不知道该相信什么了。"他从口袋里拿出一包烟递给我，我摇摇头，他便用那个金色登喜路为自己点燃一支烟，然后在手里掂弄着打火机。"他们让我留着这个，"他说，"我很意外，我没想到他们会让你带打火机或火柴。"

　　"也许他们信任你。"

"噢，当然。"他指着床，"我很想请你坐椅子，但是他们没有提供。你可以坐床。当然这上面非常非常有可能住着小生物。"

"我站着就好。"

"对，我也是。好日子很快就要来了，我今晚就得睡在这张床上。为什么那些混蛋不起码给我张椅子坐？你知道吗，他们拿走了我的领带。"

"那大概是标准程序吧。"

"一点没错。不过我得了点便宜，你知道。当我走进公寓大门，我就知道我最后会被关进牢里。那时我还不知道波提雅的事，我不知道她在里面，不知道她已经死了，什么都不知道。但是我一看到他们，我就知道我会因为她诬赖我的事情被捕，所以当他们问我问题时，我就开始脱掉西装，脱掉长裤，踢开鞋子。你知道为什么吗？"

"为什么？"

"因为他们必须让你穿上衣服。如果一开始你就穿好衣服，他们便可以马上把你抓走，但是如果你没有，他们就得让你穿上衣服，他们不能让你穿着内衣就把你拉上街。于是他们让我穿衣服，而我则选了一套裤子不需要系皮带的西装。"他打开西装上衣给我看。"并且挑了一双便鞋，你看。"他拉起一只裤管，展示一只深蓝色的鞋子，看起来像是蜥蜴皮。"我知道他们会拿走我的皮带和鞋带，所以我选了不需要皮带和鞋带的打扮。"

"但是你打了领带。"

他又给了我一个那老套的微笑，这是我今天早上第一次看见。"我他妈是打了领带。你知道为什么吗？"

"为什么？"

"因为我要离开这里。你要帮我，马修。事情不是我干的，而你会想办法证明，他们知道以后，即使不情愿也得让我出去。当他们放我出去的时候，他们会把我的手表、皮夹还给我，而我会把手表戴在手上，把皮夹放进口袋里。同时他们会把领带还我，我会在镜子面前慢慢地把领带打好。我可能会打他个三四次，直到我打的领带完全让我满意为止。然后我会像个百万富翁似的走出大门步下石阶，这就是为什么我要打那条他妈的领带。"

∞

这番演说也许让他觉得好受了一些，如果没有别的事可以提醒他自己是个有身份、有风度的人，这个想法在监狱里倒是挺有用的。他耸了耸他宽阔的肩膀，声音里带着自怜的嘀咕，我拿出我的笔记本，让他回答了几个问题，答案不算差，但是对于帮他解围没有太大的帮助。

他说，他跟我谈完不久之后，他就出去买了三明治，时间大约是下午六点半。他在园林街的一家熟食店买了一个三明治和几瓶啤酒，然后带着东西回他的公寓，坐下来边听广播边喝啤酒，直到午夜前电话铃声再度响起。

"我以为是你，"他说，"没有人打过电话到那里找我，那部电话没有登记，所以我就猜是你。"

但是他并不认识电话里的声音。那是一个男性的声音，听起来像是刻意乔装过。打电话来的人说他可以让波提雅·卡尔改变主意撤销控告。对方要布罗菲尔立刻到布鲁克林湾脊区欧云顿大道的一家酒吧去，坐在酒吧里喝啤酒，会有人过来与他联系。

"这是为了把你引出公寓。"我说，"也许他们太天真了，如果你能证明你在酒吧里，而时间上也符合的话——"

"那里根本没有酒吧，马修。"

"啊?"

"我一开始就该想到。但是我会以为我可能会错过什么，对不对? 如果某人要抓我，而他们已经知道我的公寓在哪里，他们不必如此大费周章，不是吗? 所以我搭了地铁到湾脊，找到了欧云顿大道。布鲁克林你熟吗?"

"不是很熟。"

"我也不熟。我找到欧云顿大道，但是找不到应该在那里的那个酒吧，我就猜到我被耍了。我查了布鲁克林的商用电话簿，它没有列在上面，但是我仍然继续寻找，你知道，最后我终于放弃，掉头回家。这时候我猜我可能为了某件或其他什么事而被设计了，但是我依然想不出原因。当我走进我的公寓时，那里全都是警察，然后我看到波提雅在公寓的角落，身上盖着一条床单，这就是为什么某个狗娘养的要我在湾脊追着我自己的尾巴打转，而且没有酒保可以作证当时我人在那里，因为那里根本没有一个叫做'高袋酒廊'的酒吧。我在那里看见好几个酒吧，但是我说不出名字，况且那也不能证明什么。"

"也许那些酒吧的某个酒保可以认出你。"

"而且肯定在那段时间？即使如此，还是不能证明什么，马修。我来回都坐地铁，而地铁开得很慢。如果我搭出租车，他们会说我企图制造不在场证明。他妈的，就算以地铁运行的速度，我还是可能在十一点半左右离开公寓前往湾脊之前在我公寓里杀了波提雅。只是，我离开的时候她不在那里，我没有杀她。"

"是谁干的？"

"不是很清楚。某人想看我因谋杀被关，让我无法揭穿有'优良传统'的纽约市警局。现在我想问，谁想看着这一切发生？谁有理由想看？"

我看了他一分钟，然后将目光滑向一旁，问他谁知道他的公寓地点。

"没人知道。"

"胡说，道格·佛尔曼就知道，是他带我去的。我还知道那里的电话号码，因为你告诉过我。佛尔曼知道电话号码吗？"

"我想是。对，我很确定他知道。"

"你和道格为什么会变成好朋友？"

"他曾经采访过我一次，为了某本他在写的书，后来我们就成了酒友。为什么问？"

"我只是好奇。还有谁知道那间公寓？你老婆？"

"黛安娜？鬼才会告诉她。她知道我常常得在城里过夜，但是我告诉她，我住旅馆里。我不想告诉她这间公寓的事，一个男人告诉老婆他弄了间公寓，这对她只有一个意义。"他又微笑，就像往常一样唐突，"有趣的是，我最初弄这间公寓是为了我想睡觉的时候有个地方可以躺下，可以换换衣服之类的，但是我几乎没有带女人去过，她们通常有她们自己的地方。"

"但是你带几个女人去过。"

"偶尔。譬如在酒吧遇到一个已婚女人什么的，大部分时候她们并不知道我的名字。"

"有谁是你带去过，又知道你的名字的？波提雅·卡尔？"

他迟疑了一下，这就差不多算是回答了："她有自己的地方。"

"但是你也带她去过巴洛街的公寓。"

"只有一两次。但是她不会故意把我拐出去，然后溜进公寓打昏自己，对吧？"

我没回嘴。他试着想其他可能知道这间公寓的人，但是什么也没想起来。就他所知，只有佛尔曼和我知道他藏在那里。

"任何知道这间公寓的人都可能是蒙到的，马修，他们只要拿起电话试一试就行了。而且任何人只要问酒吧里某个我可能不记得的婊子，就会知道这间公寓的事，譬如'噢，我打赌那个杂种一定藏在他的公寓里'——然后其他人就会知道这间公寓。"

"普杰尼恩办公室知道吗？"

"他们为什么该知道？"

"在卡尔控告你之后，你跟他们谈过话吗？"

他摇摇头。"干吗谈？自从她的故事上了所有的报纸，我便没再跟那个狗娘养的联络，我不指望他能帮上什么忙。这位'廉洁先生'只想成为第一个亚美尼亚血统的纽约州长，他一直注意着纽约州的首府奥尔巴尼，更何况他也不是第一个打着除暴斗士的美名，进军哈得孙河上游的人。"

"我就能举出一个会抢在他前面的人。"

"我不意外。如果我让波提雅改变她的说法，普杰尼恩会很高兴见我，但是现在，她再也不会改变说法，他也绝不会试着帮我了。也许我最好去找哈德斯提。"

"哈德斯提?"

"纳克斯·哈德斯提,美国地方检察官,至少他是联邦检察官。他是个野心勃勃的龟儿子,但是他可能比普杰尼恩对我更有好处。"

"哈德斯提又是怎么扯进来的?"

"他没有。"他走到狭窄的床边坐下,然后点了另外一根烟,吐出一团烟。"他们让我带进一条烟,"他说,"我猜如果你被关进牢里,会带得更多。"

"你为什么提到哈德斯提?"

"我想过去找他。事实上,我跟他提过,但是他没有兴趣。他会调查市府的贪污案,但是仅限于政治方面的,他对警察贪污案没兴趣。"

"所以他叫你去找普杰尼恩。"

"你在说笑吗?"他似乎很惊讶我会这样说。"普杰尼恩是共和党的,"他说,"哈德斯提是民主党的,他们两个都想当州长,几年之后,他们两人可能会成为竞选对手。你想哈德斯提会做球给普杰尼恩吗?哈德斯提只是叫我回家,把脑袋泡清楚。去找普杰尼恩是我自己的主意。"

"你去找他只是因为你再也不能忍受贪污了。"

他看着我。"这也是个好理由。"他语调平稳地说。

"如果你说它是,它就是。"

"我说是。"他的鼻孔向外张开。"我为什么找普杰尼恩让事情有什么差别?现在他和我已经告一段落,无论是谁设计我,他已经达到他的目的;除非你有办法扭转乾坤。"他站了起来,手里拿着烟比了个手势。"你必须找出是谁、怎样陷害我,因为没有其他的办法能让我脱身。我可以上法庭搞定这件事,但是我今后就别想摆脱这个臭名了,人们会以为我是运气好才得以在法庭上脱身。你知道有几个人因为犯下重罪被起诉而引起喧腾?当他们被判无罪,你会想当然地认为这些人是清白的吗?大家都说杀了人一定逃不过惩罚,马修,但是有多少个名字是你发誓他们的确杀了人却逃过惩罚的?"

我想了一想。"我可以列出一打。"我说,"而且我还知道更多。"

"没错。如果再加上那些你认为'可能'有罪的,你可以列出六打。所有李·贝利辩护过的人都脱了罪,所有的人都肯定那群杂种是有罪的。我曾经不止一次听到条子说,某某人一定有罪,否则他为什么需要李·贝利替他辩护?"

"我也听过同样的说法。"

"当然,我的律师应该很行,可是我需要的不只是律师,因为我要的不仅是开释而已。但是我无法得到警方的协助，那些卷进这案子里的家伙都乐得袖手旁观，没什么比看我搞得灰头土脸更让他们高兴了，所以他们干吗要费心彻查此案？他们只会费心寻找更多方法让我不得翻身。如果他们发现任何一点会破坏这件案子的线索，你可以猜到他们会怎么做。他们会将它埋得深深的，你干脆跑到中国去挖还比较容易找到。"

∞

我们又核对了几件事，然后我在笔记本里写下好几条。我有了他在富理森丘的住家地址、他老婆的名字、他律师的名字和其他一些零星的数据。他从我的笔记本里撕了空白的一页，然后借了我的笔，写了一张委托书给他老婆，要她给我两千五百美元。

"现金，马修。如果不够，还可以再给。该花的就花，我一定会给你，只要你搞定它，让我打上那条领带走出这个鬼地方。"

"这些钱都从哪里来的？"

他看着我。"这很重要吗？"

"我不晓得。"

"我他妈的该怎么说？说从我薪水中省下来的吗？你应该知道。我已经告诉你，我从来就不是童子军。"

"嗯。"

"钱从哪里来有什么关系吗?"

我想了想。"不,"我说,"我想没有。"

∞

当我们穿过长廊出来时,警卫说: "你自己也是个警察,对吧?"

"有一阵子是。"

"而现在,你帮他做事。"

"没错。"

"嗯,"他很明智地说,"我们不是常常需要选择为谁工作,人总得谋生。"

"这是真的。"

他轻轻地吹起口哨。他大概五十多,快六十,双下巴,圆肩,手臂上有猪肝色的斑,声音因为浸淫威士忌和香烟多年而沙哑。

"想把他弄出去?"

"我不是律师。如果我能找到一些证据,也许他的律师可以弄他出去。为什么问?"

"我只是在想,如果他脱不了罪,他最好祈祷仍有死刑。"

"为什么?"

"他是个警察，不是吗？"

"所以呢？"

"嗯，你想想看，现在，我们把他一个人单独关在牢房里，穿着他自己的衣服，等待审判和审判带来的一切，就只有他一个人。但是假设他被定罪了，而且被送到监狱，比方说，亚提加，他就会跟一群不用讨好警察的罪犯关在一起，而他们大半都是天生就讨厌警察的。在牢里要吃的苦够多了，但你想得到比这狗杂种更惨的吗？"

"我没有想过。"

那个警卫用舌头顶住上颌发出"咯"的一声。"哼，他每时每刻都得提心吊胆，担心哪个黑鬼会不会带着自制小刀来找他。你知道，他们从食堂偷拿汤匙，然后带到楼下的厂房去磨。几年前我在亚提加工作过，我知道他们在那里搞什么。你记得那次大暴动吗？他们挟持了人质什么的那次？早在那之前我就离开了，但是那些被杀害的人质里，有两个警卫是我认识的人。那个亚提加是个地狱，你的朋友布罗菲尔被送到那里两年之后如果还能活着，算是他运气好。"

接下来的路上我们都没说话。当他要离开我的时候，他说："世界上最难熬的时刻就是一个警察在坐牢的时候。但是如果有谁该受到这种待遇的话，我得说，这杂种是自作自受。"

"也许他没有杀害那个女孩。"

"哦，去他的，"他说，"谁在乎他是不是杀了她？他跑去出卖自己的同袍，对吧？他背叛了他的警徽，不是吗？我他妈的才不在乎那个肮脏的妓女，或者是谁杀了她、谁没杀她。不管关在这里的那个杂种下场如何，他都是活该。"

5

　　因为地理位置的关系，我先去了位于中央街与怀特街口的"墓穴"。而艾柏纳·普杰尼恩和他手下那些拼命三郎的办公室就在四条街外的渥斯街上，地点位于教堂街和百老汇大道之间。那是一栋狭窄的黄色砖面建筑，普杰尼恩和几个会计师、一家影印店和几个进出口商一起分租那栋楼，一楼则有个修皮鞋和重打帽样的店。我爬上又长又陡而且还嘎嘎作响的楼梯，他的办公室要是再高一层我可能就会掉头放弃。但是我走到了他那一楼，门是开着的，于是我便进去了。

　　星期二，也就是我第一次见到杰瑞·布罗菲尔的隔天，我花了将近两美元的铜板，试着打电话找波提雅·卡尔。当然，不是一次花完，而是一次一角钱。她有电话录音机，而当你用公共电话接通了录音机，通常那一角钱就会被吃掉。如果你挂断得够快，或者你很幸运，或是你的反应很快，你就可以拿回你的一角钱。当那天一点一点地过去，这种状况发生的频率也愈来愈低。

在我浪费那些一角钱之前，我曾试着通过其他渠道找她，其中一个方法与一位叫伊莲·马岱的有关。她与波提雅·卡尔从事同样的工作，而且就住在附近。我去找伊莲，她告诉我一些波提雅的事，都不是第一手的——她并不认识她——仅仅是她时不时听到的八卦消息。这个波提雅特别能满足人性虐待的幻想，据说她最近拒绝接客，而且她有个很显要、恶名昭彰或是很有力之类的"特别朋友"。

普杰尼恩办公室里的那个女孩和伊莲像得可以当姐妹。她对着我皱眉，我才发现自己直盯着她看。再看了一眼，我发现她其实没有那么像伊莲。她们相似的地方主要在于眼睛；她有双和伊莲一样黑而深陷的犹太眼睛，而且和伊莲一样，她的眼睛占了整张脸的主位。

她问我她是否能帮上忙，我说我要见普杰尼恩，她便问我有没有约好，我承认没有，她就说他和他大部分的工作人员都出去吃午餐了。我决定不要只因为她是个女人便以为她是秘书，然后我开始告诉她我的来意。

"我只是个秘书，"她说，"你要等普杰尼恩先生回来吗？或者你要找罗比尔先生，我想他应该在办公室里。"

"谁是罗比尔先生？"

"普杰尼恩先生的助理。"

这样的介绍还是没有告诉我什么，不过我要求见了他。她指着一张木制的折叠椅子，看起来就如同布罗菲尔牢房里的那张床一样"吸引"人。所以我还是站着。

几分钟之后，我隔着一张贴了橡木皮的书桌，坐在克劳德·罗比尔的对面。我小时候，每一个我曾经待过的教室里面都有一张这样的桌子供老师使用。除了体育和工艺课之外，我只给女老师教过。但是如果我曾经有过男老师，可能会有点像罗比尔，坐在桌子后面就像在家一样自在。他有一头深棕色的短发，小嘴两边的法令纹深得像一对括号。他的手很厚实，手指短胖泛青，看起来很柔软。他穿着一件白衬衫，系着枣红色的领带，衬衫的袖管则卷起。他让我觉得好像我做错了什么事，而且我不知道错在哪里的无知完全不可原谅。

"斯卡德先生，"他说，"我想你是我今天早上通过电话的那位警官。我只能重复早上说过的话，普杰尼恩先生没有任何有用的信息给警方，而布罗菲尔先生所犯的任何罪行都超越了这次调查的范围，本办公室确实无从得知。我们尚未对媒体人士发言，不过一定会这么做。我们将拒绝评论此事，并强调布罗菲尔先生曾经自愿提供某些对我们有用的信息，但是我们并未根据布罗菲尔先生提供的信息采取行动，而在现阶段布罗菲尔先生的合法地位没有确定之时，我们将不会采取行动。"

他就像在读一篇准备好的文稿似的说完这些话。一般人光是说个句子都会前言不对后语，罗比尔却是用段落讲话，结构复杂的段落，而他在发表这段小小的演说的时候，他淡色的眼睛一直盯着我的左肩头。

我说："我想你弄错了，我不是警察。"

"你是媒体的人吗？我以为——"

"我曾经是警察，几年前已经离开警界。"

对于这个消息他露出一个有趣的表情，其中包含了一些打量。我看着他，一瞬间突然有种似曾相识的感觉，并且花了一分钟才想起来。他专注时将头扬向一侧，扭曲着脸的样子，让我想起我和布罗菲尔的第一次会面。就像布罗菲尔，他也想知道我的立场。他也许是个改革者，也许他替"廉洁先生"工作，但他本人看起来却跟个想赚点油水的警察一样利欲熏心。

"我刚见过布罗菲尔先生，"我说，"我为他工作。他说他没有杀那个叫卡尔的女人。"

"当然他会那样说，不是吗？据我所知，她的尸体是在他公寓被发现的。"

我点头。"他认为他被设计了，他要我试着找出设计他的人。"

"我懂了。"他原本希望我会帮他搞垮整个警局，不过一旦发现我只是想解决这件谋杀案，他好像就对我失去了兴趣。"哦，我不肯定本办公室跟这个有什么关系？"

"或许吧。我只是想要一个比较完整的图像。我跟布罗菲尔先生不熟，他是个狡猾的顾客，有时我也无法分辨他是否在说谎。"

克劳德·罗比尔的嘴上浮现少许笑意，看起来跟他不太相称。"我喜欢你的说法，"他说，"他是个狡猾的骗子，不是吗？"

"这正是难解之处。他有多狡猾？他说了多少谎？他说是他自己来这里，你们无须强迫他卷入此事，他是自愿为你们效力的。"

"这倒是真的。"

"很难令人相信。"

罗比尔将双手手指交错。"要我们相信也不比要你相信容易，"他说，"布罗菲尔就那样从外面走进来，他甚至没有打电话告诉我们他要来；在他闯进来、不求回报地提供我们信息之前，我们从来没听说过他这个人。"

"这不合理。"

"我知道。"他倾身向前，表情之中有高度的专注。我猜他大概二十八岁。他的态度让他多添了几岁，但是当他激动起来，那几岁就会剥落，你会发现在外表之下的他有多年轻。"这让人很难信赖这个人说的任何事情，斯卡德先生。根本没有人能看穿他的动机。哦，他要求豁免起诉，因为他将揭发的一切可能涉及他自己，不过我们本来就会提供这项条件，但他要的仅止于此。"

"那他到底为什么来这里？"

"我一点头绪也没有。跟你这么说吧，我没有马上相信他，不是因为他不诚实。我们常跟骗子打交道，我们必须跟他们来往，但至少他们是合理的骗子，而他的行为却不合理。我告诉普杰尼恩先生我不信任布罗菲尔，我说我感觉他是个疯子，一个怪胎，我完全不想跟他有任何瓜葛。"

"你这样告诉普杰尼恩。"

"对，我说了。我很乐意相信布罗菲尔曾经有过某种宗教经验而使他转变为一个全新的人，也许偶尔会有这类事情，但是不常，我不认为他是。"

"大概不是。"

"但是他甚至没有假装是。他还是一个跟以前一样的人，爱嘲讽、活泼，非常精明强势的一个人。"他叹了一口气。"现在普杰尼恩先生也同意我的看法，他很遗憾我们曾经和布罗菲尔有关联。这个人显然犯了谋杀案，噢，甚至在这之前，在那个女人向他提出控告时，就产生一些负面新闻了。这些事情让我们的立场变得很敏感。你知道吗，我们什么也没做，但是这种局面却不会为我们带来什么好处。"

我点点头。"关于布罗菲尔，"我说，"你经常见到他吗？"

"不常，他直接与普杰尼恩先生接触。"

"他曾经带任何人到这个办公室吗？女人？"

"没有，他总是一个人来。"

"普杰尼恩或是这个办公室的任何人曾经在其他地方跟他见面吗？"

"没有，他总是来这里。"

"你知道他的公寓在哪里吗？"

"巴洛街，不是吗？"我竖起耳，但是随后他说，"我原先根本不知道他在纽约有公寓，但是报上不是提到一些公寓的事吗？好像是在格林威治村吧。"

"波提雅·卡尔的名字曾经出现过吗？"

"那是被他谋杀的女人，对吧？"

"那是被人谋杀的女人。"

他摆出一个微笑。"接受纠正。我想人不应该妄下断语，不管结论看起来有多明显。不，我确定在这条新闻出现在星期一的报纸上之前，我从来没有听说过她的名字。"

我给他看波提雅的照片，从当天早上的《新闻报》撕下来的。我补充了一些口头描述，但是他从未见过她。

"我看看，如果我把这些都连起来，"他说，"他向这个女人勒索，一周一百美元，我想是吧？她星期一揭发他，然后昨天晚上她就在他的公寓被杀了。"

"她说他一直勒索她，我见她的时候她也这么告诉我。我认为她在说谎。"

"她为什么要说谎？"

"让布罗菲尔失去信用。"

他似乎真的很迷惑。"但是她为什么要这样做？她是个妓女，不是吗？为什么一个妓女要阻止我们的英雄对抗警察贪污？为什么另外一个人要在布罗菲尔的公寓杀害一个妓女？这些都让人不解。"

"嗯，在这方面我同意你的说法。"

"太令人困惑了，"他说，"我甚至不懂一开始布罗菲尔为什么来找我们。"

我可以。起码我现在有一个很好的理由，但是我决定不告诉别人。

6

我先回到我的旅馆里，很快地冲了澡，又用电动刮胡刀刨我的脸。我的信箱格里有三封留言，三个人都要我回话。安妮塔又打来了，另一个是叫艾迪·柯勒的分局副队长，还有一个是马岱小姐。

我决定安妮塔和艾迪可以稍后。我从旅馆大堂的公共电话打给伊莲，我不想通过旅馆的转接系统打这个电话，也许他们不会听，但是他们也可能会听。

当她接起电话，我说："喂，你知道我是谁吗？"

"我想我知道。"

"我回你的电话。"

"嗯，我想也是。你有电话方面的麻烦吗？"

"我用公共电话，你呢？"

"这条线应该是'干净'的。我付钱给一个夏威夷小个子每个礼拜来一次，帮我检查有没有被窃听，到目前为止他还没有发现什么，不过他可能不知道怎么找。我怎么晓得呢？他小得像猫一样，我想他的内脏一定都用晶体管代替了。"

"你是位很有趣的女士。"

"嗯，有哪里不需要幽默感呢？至少我们在电话里也可以很酷。你也许猜得到我为什么打电话。"

"嗯。"

"为了前几天你问的问题。我是个每天看报纸的人，很好奇这些事情会不会冲着我来？我是不是该开始担心？"

"完全不必。"

"你说真的？"

"当然，除非你为了查明某些事情而打的电话给你带来些后遗症；我是指那些跟你谈过的人。"

"我已经想过而且不再想了。如果你说我不用担心，那我就不担心。马岱太太的女儿喜欢如此。"

"我以为你改过名字。"

"啊？哦，不，我才没有。我一出生就是伊莲·马岱，亲爱的。我可不是说我爸在我出世之前从没帮我改过名字，不过在我出世前，它就已经是个好听而漂亮的名字了。"

"我可能晚一点会过去，伊莲。"

"为了生意还是娱乐？让我换个字眼，为了你的生意还是我的生意？"

我发现自己对着电话微笑。"也许两者都有一点点，"我说，"我必须出城去皇后区，如果我要过去的话，我会先打电话给你。"

"无论你来不来都打，宝贝。如果你不来，打电话告诉我。这就是为什么他们放——"

"一角钱在保险套里。我知道。"

"哇哈哈，所有我最棒的笑话你都知道了，"她说，"你真无趣。"

∞

我搭的地铁被疯子用喷漆粉饰，他要给世界的信息只有一个，只要有机会，无论在何处，他都很用心地以精致的花体字或其他的润色方式，一而再，再而三地重申他的论点。

"我们野是人"，他告诉我们。我不确定这是他写错字，或者代表着嗑了药以后灵光闪动所得到的领悟。

"我们野是人"。

在一路坐到皇后大道和大陆大道途中，我有大把时间思考这句话的意义。我下车后走了几个街口，经过几条以艾克札特、葛罗顿和哈洛等预备学校命名的街道，最后到达了内森街，布罗菲尔和他的家人居住的地方。我不知道内森街的街名是怎么来的。

布罗菲尔家的房子很不错，前面有个漂亮的停车坪，介于人行道和草坪之间有一棵老枫树。这条街不会让人弄不清季节，整条街因为红色和金色的枫叶犹如着了火似的。

房子有两层楼高，屋龄大概三四十年，但是很有味道。这一整个街区的房子屋龄都差不多，但是每一栋都很不一样，所以不会有置身那种集体开发式住宅区的感觉。

同时我也没有置身纽约五区之一的感觉。住在曼哈顿，你很难记得纽约人住在林荫街道独栋住宅的比例有多高；即使是政客，有时都很难记得。

我走上通到屋门口的石板小径，并按了电铃。我可以听见电铃声在屋内响起，然后脚步声逐渐接近门边，一个留着黑色短发的苗条女性拉开了门。她穿着一件莱姆绿的毛衣和一条深绿色的长裤。绿色很适合她，和她的眼睛很相称，同时也使她散发出来的羞涩森林女神气质更加突出。她很有吸引力，如果不是刚哭过的话，应该会更美。她的眼眶泛红，眉头深锁。

我告诉她我的名字，然后她便请我入内。她说，我得原谅她，因为这天对她而言糟透了，所有的事情都乱成一团。

我跟着她进入客厅，坐在她指着请我坐的单人沙发上。虽然她说很乱，却没有一个地方看起来是乱的。这间客厅一尘不染，而且装修得很有品位，虽然屋里的装饰很保守、传统，却不会让人觉得置身博物馆。客厅里处处可见镶在银相框里的照片，钢琴上则立着一本翻开的琴谱。她拿起琴谱将之合起，然后放进钢琴凳里。

"孩子们都在楼上，"她说，"莎拉和珍妮弗今天早上去上了学，她们在我听到新闻前就出门了。她们回来吃午餐以后，我就把她们留在家里，艾力克明年才要上幼儿园，所以他平常都在家。我不知道他们怎么想，我也不知道该跟他们说什么。电话不停地响，我真想把电话线拔掉，但要是有人有急事找我怎么办？要是我真拔掉了，就接不到你的电话了。真希望我知道该怎么做。"她畏缩地绞弄着她的手。"我很抱歉，"她说。现在她的声音比较稳定了："我吓坏了，这件事让我茫然失措。前两天我不知道我丈夫人在哪里，现在终于有了消息，却得知他被关在监狱里，而且还被控杀人。"她让自己吸了一口气："你要来点咖啡吗？我刚煮了一壶，还是你要更浓烈的？"

我告诉她给我咖啡加威士忌好了。她走进厨房，带着两大马克杯的咖啡出来。"我不知道你要加哪一种威士忌，要加多少，"她说，"那边有个酒柜，你自己挑你喜欢的好吗？"

酒柜里琳琅满目的都是些名贵的酒。我并不意外，就我所知，每个警察都会在圣诞节前后收到一堆酒；不好意思送钱的人会发现，送一瓶或一箱好酒要容易得多。我倒了一大杯"野火鸡"；这么做大概很浪费吧，因为不管把哪种波本酒倒进咖啡里，喝起来味道都一样。

"那样搭配好喝吗？"她站在我身边，双手拿着马克杯。"或许我也会试试，我平常不太喝酒，我向来不喜欢酒的味道。你认为酒能让我放松吗？"

"也许没什么大碍。"

她举起她的马克杯。"麻烦一下？"

我把酒倒进她杯里，她用汤匙搅拌之后，尝试性地啜了一口。"哦，好喝。"她用一种近乎童音的语调说，"喝了就觉得暖暖的，不是吗？这很烈吗？"

"跟鸡尾酒差不多浓，而咖啡可以抵消部分酒精作用。"

"你是说不会醉？"

"最后还是会喝醉，但是你不会半途就醉醺醺。你通常只喝一杯就醉吗？"

"我通常可以'感受'一杯，恐怕我不是能喝的人，但是我不认为这杯咖啡会让我醉。"

她看着我，短暂的一瞬间，我们彼此用眼睛打量对方。我直到现在还不是很清楚发生了什么事，但是我们的眼光相接，交换了一些无言的讯息。那一刻我们肯定做成了某些决定，虽然我们并未有意识地注意到这个决定，甚或之前的讯息。

我不再凝视，从皮夹里拿出她先生所写的纸条交给她，她很快扫了一眼，然后再仔细地读了一次。"两千五百美元，"她说，"我想你现在就要吧，斯卡德先生。"

"我可能会有某些支出。"

"当然。"她将纸条折成一半，然后又再折了一次。"我不记得杰瑞提过你的名字，你们认识很久了吗？"

"一点也不。"

"你在警队服务，你们共事过吗？"

"我曾经在警队服务，布罗菲尔太太。现在我算是私家侦探。"

"只是'算是'？"

"没有执照的那种。在警队这么多年之后，我对于填表格有种厌恶感。"

"厌恶感。"

"什么？"

"我说得很大声吗？"她突然微笑，整张脸因而明亮起来。"我想我不曾听过一个警察用这样的字眼。哦，他们用词比较笼统，不过是特定类型的，你知道。'有嫌疑的行凶者'是所有警察用语中我最喜欢的，'作恶多端之徒'也很棒。除了警察或记者没人会说某人是一个'作恶多端之徒'，而且记者只是写而已，他们也不会真的说这个词。"我们的目光再度交会，她的微笑逐渐消失。"我很抱歉，斯卡德先生。我又在胡说八道了，对吧?"

"我喜欢你胡说八道的方式。"

有那么一瞬间，我以为她会脸红，但是她没有。她吸了一口气，并确认我是否希望当场拿钱。我说不必急，但是她说这样比较好解决。我坐着喝咖啡，她则离开客厅奔上楼。

几分钟之后她拿着一捆钞票回来，并将钞票交给我。我将钞票散成扇型来看，全是五十和一百元。我将钞票放进西装外套的口袋里。

"你不数数吗?"我摇摇头。"你很信任别人，斯卡德先生。我确定你告诉过我你的名字，但是我似乎是忘了。"

"马修。"

"我叫黛安娜。"她拿起她的马克杯，大口灌下去，就像在吃什么苦药。"如果我说我先生昨晚跟我在一起，会有帮助吗?"

"他是在纽约被捕的，布罗菲尔太太。"

"我才告诉过你我的名字，你不打算叫吗?"然后她想起我们刚刚在谈的事情，她的语气就变了。"他几点被捕的?"

"两点半左右。"

"在哪里？"

"格林威治村的一个公寓。自从卡尔小姐提出那些控诉之后，他就一直待在那里。昨天晚上他被骗出去，在他出去的那段时间，有人把卡尔那女人带到他的公寓里杀了，然后报警；或者在她死后把她带去。"

"或者杰瑞杀了她。"

"这假设并不合理。"

她想了想这句话，然后转向另一个问题。"那是谁的公寓？"

"我不清楚。"

"真的吗？那应该是他的公寓。哦，我一直都认为他有个公寓，他有些衣服我好几年都没看见了，所以我猜他把一部分衣服放在城里某处了。"她叹了口气，"怪的是，他干吗还想瞒着我？我知道这么多，他也一定知道我晓得，你不认为吗？他以为我不知道他有别的女人？他以为我在乎？"

"你不吗？"

她很坚定地看了我好一会儿，我以为她不会回答这个问题，但是后来她却回答了。"我当然在乎，"她说，"我当然在乎。"她低头望着马克杯里的咖啡，似乎因为看见杯子空了而沮丧。"我要再去倒点咖啡。"她说。"你还要吗？马修？"

"谢谢。"

她拿着两个杯子走进厨房，回来的时候，在酒柜前停下，为两杯咖啡添了点威士忌。她倒"野火鸡"的手很大方，这杯至少是我先前帮自己加的两倍。

她再次坐在长沙发上，不过这一次她让自己比较靠近我的单人沙发座。她啜了一口咖啡，眼光越过我的马克杯看着我。"那女孩几点被杀的？"

"根据我昨天晚上听到的新闻，他们推测死亡时间是在午夜。"

"而他在两点半左右被捕？"

"大概是那个时候，没错。"

"好，这使事情简单多了，不是吗？我就说，他在小孩睡了以后回到家，他回来看我还换了衣服。他跟我在一起，十一点钟起我们就在看电视，直到卡森的节目演完，他回纽约，刚好就被捕了。怎么样？"

"这不会有什么帮助的，黛安娜。"

"为什么不会？"

"没人会相信，只有那种非常强有力的不在场证明才有用。妻子不确切的说词——不，帮不了他。"

"我应该了解这一点。"

"的确。"

"他杀了她吗？马修？"

"他说他没有。"

"你相信他？"

我点点头。"我相信是其他人杀了她，然后嫁祸给他。"

"为什么？"

"阻止他对警局做内部调查，或是为了私人因素。如果某人有理由要杀波提雅·卡尔，你丈夫肯定是最完美的'垫背'。"

"我不是这个意思。我问的是，你为什么相信他是无辜的？"

我想了一想。我有些相当不错的理由——其中一个理由是，以他的开朗和他那身愚蠢的打扮是不会进行这样的谋杀的。他也许会在自己的公寓里杀死那个女人，但是他不会把她留在那里，还花几个小时在外面晃荡，却连不在场证明也没想出来。但是我的理由里面没有一个真正重要的，所以也就不值得对她重复。

"我就是不相信他会杀她。我曾经做了很久的警察，这行业待久了，你会发展出一些本能和直觉，它们会对事情有所感应，如果你做得好，就知道该怎么抓住它们。"

"我打赌你做得很好。"

"还不差。我有感觉，有本能。而且我对于我的工作非常投入，投入到难以自拔。这就是关键所在，一旦你热中于某件事情，很快就会掌握到诀窍。"

"然后你就离开了警界？"

"对，几年前。"

"自愿的？"她脸红了，同时把一只手放到唇上。"我很抱歉，"她说，"这是个蠢问题，这不关我的事。"

"这并不蠢。对，我是自愿离开的。"

"为什么？其实这也不关我的事。"

"私人理由。"

"当然，我真的很抱歉，我想我是'感受'到这威士忌的后劲了。原谅我好吗？"

"没什么需要原谅的。那些理由是私人的，如此而已，也许哪天我会告诉你。"

"也许你会，马修。"

我们的目光又再度交集，而且一直持续到她突然吐了一口气，喝完了她杯里的饮料。

她说："你拿钱吗？我是说，当你还是警察的时候。"

"拿一点。我没有靠它发财，也不去外面找财源，但是到我面前的我就会拿。我们向来不靠薪水过活。"

"你结婚了？"

"哦，因为我说'我们'。我离婚了。"

"有时候我也想离婚，当然，我现在不能想这个。现在是丈夫最需要帮助的时刻，身为一个忠贞而饱受苦难的妻子，是该义不容辞陪在他身边。你笑什么？"

"我用三份厌恶感换你一份义不容辞。"

"成交。"她垂下眼睑。"杰瑞拿很多钱。"她说。

"我猜也是。"

"我给你的钱，两千五百美元，想象一下在家里放这么多钱。我做的只是，走上楼去数两千五百美元，还有更大的一笔钱在保险柜里。我不知道他在里面放了多少，我从来没数过。"

我什么也没说。她双腿交叉坐着，两手整齐地叠放在膝上。她腿上是深绿色的长裤，亮绿色的毛衣，冷静的薄荷绿眼睛。她双手柔嫩，手指修长，指甲剪得短短的，没有修过。

"我甚至不知道保险柜的事，直到他开始咨询那位特别检察官。我永远记不得他的名字。"

"艾柏纳·普杰尼恩。"

"对。我当然知道杰瑞拿钱，他对这事从来不多说，但是事情太明显了，而他的确也暗示过。感觉上是，他要我知道，但是他不想直接告诉我。事情很明显，靠他正当赚来的钱我们不会过这样的日子，他花那么多钱在他的衣服上，我猜他也花钱在其他女人身上。"她的声音儿近嘶哑，但是她却像没事人似的继续说话。"有一天他把我拉到一边，给我看那个柜子。柜子上有一个密码锁，他把密码告诉我，还说有需要的时候我随时都可以自己拿，钱的来源很多。但是，我一直到刚刚才第一次打开这个柜子，更别说数里面的钱或什么的。我不想看它，甚至不愿意想到它，我不想知道里面有多少钱。你想知道一件有趣的事吗？上星期某个夜里我曾考虑离开他，但是我无法想象我怎么承受得起，我是说，在金钱上。当时我连想都没想过这个保险柜里的钱，它从来没有出现在我脑子里。我不知道我是不是个很有道德感的人，我不认为我是，真的。但是那里面有太多钱了，你知道。我不愿意去想什么样的人会为了这些钱做出哪些事。你能明白我在说什么吗？马修？"

"没错。"

"也许他真的杀了那个女人。如果他决定他必须杀一个人，我不认为他会因为道德谴责而后悔杀人。"

"他曾经在值勤时杀过人吗？"

"没有，他对几个罪犯开过枪，但是他们都没死。"

"他服过役吗？"

"他曾在德国派驻了几年，但是从来没有上过战场。"

"他会不会很暴力？他打过你吗？"

"不，从来没有。有时候我很怕他，但我无法解释为什么，他从来没有让我害怕的理由。我会离开任何打我的男人。"她苦笑。"至少我想我会。我也曾经以为我会离开任何除了我还有其他女人的男人。为什么我们总是不像我们以为的那样了解自己，马修？"

"这是个好问题。"

"我有很多好问题。我并不真正了解那个男人，你不觉得很了不起吗？我跟他结婚这么多年，我却不了解他，我从来没有了解过他。他告诉你他为什么决定跟特别检察官合作了吗？"

"我还期望他可能告诉你。"

她摇摇头。"我不知道究竟为什么，我不知道他为什么这么做的事还有很多。为什么他要娶我？现在这里又有个好问题了。这就是我所谓的他妈的好问题，马修。杰瑞·布罗菲尔看中了渺小的黛安娜·康明斯？"

"哦，别这样，你一定知道你很有魅力。"

"我知道我不丑。"

"你远超过不丑。"而且你的手就像一对白鸽栖息在大腿上，一个男人可能彻底迷失于你的双眸。

"我不是很引人注目，马修。"

"我不懂你的意思。"

"怎么说？让我想想。你知道某些演员怎样走上舞台，并且让每一只眼睛都注意他们，就算当下有别人在说话也一样？他们就是有那种引人注目的特质，让你必须看着他们。我不像那种人，完全不是，而杰瑞就是。"

"他很醒目，当然。同他的身高也许有关。"

"不止如此。他很高，长得也好看，但是还不只是如此。他有种特质，在街上，人们会看他，自我认识他开始就一直是这样。不要以为他不是刻意的，有时我就看到他在下功夫，马修。我会认出他曾经做过的、某些看似不经意的动作，然后我就会觉得，这个人未免也太工于心计了吧，这时候我就会打从心底瞧不起这个人。"

一辆车经过门外。我们坐着，彼此目光并没有真正交会，我们听着远处街上的声音和自己心里的想法。

"你说你离婚了。"

"是。"

"最近吗？"

"几年前。"

"小孩呢？"

"两个儿子，我太太拥有监护权。"

"我有两个女儿一个儿子，我一定告诉过你。"

"莎拉、珍妮弗和艾力克。"

"你的记忆力真好。"她看着她的手。"那样比较好吗？离了婚。"

"我不知道。有时候比较好，有时候不太好。事实上我没想过好或不好，因为那时没有选择的余地，只能那样。"

"是你太太要离婚?"

"不，我才是那个要离婚的人，是那个必须一个人过日子的人，但是我的需要并不是选择因素。也许你觉得没道理，我必须独居。"

"你现在还是一个人吗?"

"对。"

"你喜欢这种生活吗?"

"有人会喜欢吗?"

很长的一段时间她一直沉默着，她双手抓住膝盖坐着，她的头微倾，双眼闭着，陷入她内心思维中。她没有睁开眼睛便说："杰瑞会怎么样?"

"很难说。除非有什么事情发生，不然他将会接受审判。他可能脱罪，也可能不会。一个有力的律师可以把审判拖得很长。"

"但是他也有可能会被判有罪。"

我犹豫了一下，然后点点头。

"然后就要去坐牢?"

"可能。"

"老天。"

她拿起她的马克杯，低头看着杯子，然后抬起眼来看着我的眼睛。"我再去倒点咖啡，马修？"

"我不要了。"

"我应该再来一点吗？我应该再喝一杯吗？"

"如果你需要的话。"

她想了想。"那不是我需要的，"她确定地说，"你知道我需要什么吗？"我没说话。

"我需要你过来坐在我身边，我需要被人拥抱。"

我坐到长沙发上，坐在她的身边，她急切地坐进我的臂弯，仿佛一只寻找温暖的小动物。她的脸轻轻靠着我的，她的气息温暖而甜蜜，当我的唇碰到她的，她僵了一会儿。然后，她好像了解到自己早已做了决定，于是在我的臂弯里放松，回应了那个吻。

在那个时候，她说："让我们把一切都抛开，一切。"之后她就什么也不必再说，而我也是。

∞

稍后我们像之前那样坐着，她坐在长沙发上，我坐在单人沙发上。她啜饮着没有酒的咖啡，我则喝着一杯已经饮去一半以上的波本。我们小声地说话，但是在听到楼梯上的脚步声后，便停止了交谈。一个大约十岁的小女孩进了客厅，她长得很像妈妈。

小女孩说："妈咪，我和珍妮弗要——"

"珍妮弗和我。"

小女孩很夸张地叹了口气："妈咪，珍妮弗和我要看《奇幻之旅》，但是艾力克那个小猪要看《摩登原始人》，可是我和珍妮弗，我是说珍妮弗和我讨厌《摩登原始人》。"

"不可以叫艾力克小猪。"

"我没有叫艾力克小猪，我只是说他像个小猪。"

"我想这里头是有点不同。你和珍妮弗可以在我房里看你们的节目，这样可以了吗？"

"为什么艾力克不到你房里看？而且，妈咪，他是在'我们'的房里看'我们'的电视。"

"我不要艾力克单独在我房里。"

"那我和珍妮弗也不要艾力克单独在我们房里。妈咪，而且——"

"莎拉——"

"好吧，我们在你房里看就是了。"

"莎拉，这是斯卡德先生。"

"嗨，斯卡德先生。现在我可以离开了吗？妈咪？"

"去吧。"

当小孩上楼消失之后，她妈妈嘘了一个长而低的口哨声。"我真不晓得我到底是怎么回事！"她说。"我从没有做过像那样的事，我并不是说我是圣人，我……去年我曾经跟某人在一起，但是在我家里？老天！而且我的小孩还在家。莎拉可能刚好在那时走进来，我可能没听到。"突然间，她微笑起来。"我可能连第三次世界大战爆发都听不到。你是个好人，马修。我不知道这事为什么会发生，但是我不想去找借口，我很高兴它发生了。"

"我也是。"

"你知道你还没叫过我的名字吗？你只叫过我布罗菲尔太太。"

我曾经大声叫过她一次，无声地叫过她很多次，但是我现在又叫了一次："黛安娜。"

"这样好多了。"

"黛安娜，月之女神。"

"也是狩猎的。"

"也是狩猎的吗？我只知道是月亮的。"

"我怀疑今晚月亮会不会出现，天已经开始黑了，不是吗？我真无法相信。夏天到哪里去了？前几天还是春天，现在却都已经是十月了。再过几个星期，我的三个小印第安人就要穿上应节的衣服去向邻居们勒索糖果了。"她的脸上有了阴影。"原来，这是个家庭传统，勒索。"

"黛安娜——"

"离感恩节还有一个月，你不觉得我们仿佛三个月，最多四个月前才刚度过感恩节吗？"

"我懂你的意思。过日子很漫长，过年却飞快。"

她点头。"我以前总认为我祖母疯了，她告诉我，当你长大了，时间就会过得很快。要不是她疯了，就是她认为我是个好骗的小孩，因为时间怎么可能根据人的年龄改变它的步调？但是时间真的是有差异的。一年只占我生命的百分之三，却是莎拉的百分之十，所以我的时间当然飞快，她的自然缓如蜗行，而她却催促时间快过，我则希望时间慢下来。马修，人老了真不好玩。"

"真傻。"

"我？为什么？"

"在你还是个孩子的时候谈老。"

"当你为人母之后，就不能再是个孩子了。"

"你的确不能。"

"那我便是逐渐老了，马修。看看今天的我比昨天老了多少。"

"比昨天老？但是你不也更年轻了吗？在某一方面。"

"哦，没错。"她说，"是，你是对的，我甚至从来没想过这点。"

当我的杯子空了的时候，我站起来告诉她我该走了。她说如果我能留下来就太好了，我说，也许我不能才是好事。她想想这句话，同意我说的也许是事实，但是她又说，也许两种情况都一样好。

"你会冷的。"她说，"一旦太阳下山了就凉得很快。我开车送你回曼哈顿，可以吗？莎拉已经大得可以在这段时间里照顾弟妹，我送你，这样比坐地铁快。"

"让我搭地铁吧，黛安娜。"

"那我送你到车站。"

"我走路可以快些醒酒。"

她仔细打量我，然后点头。"好吧。"

"我一有任何消息就会打电话给你。"

"或者即使你没有？"

"或者即使我没有。"

我趋近她，但是她向后退开了。"我希望你知道我不打算纠缠着你，马修。"

"我知道。"

"你不必觉得欠我什么。"

“到这儿来。”

“哦，窝心的人。”

在门边她说：“你还要继续帮杰瑞。这会使情况变得复杂吗？”

“通常任何事情都会使情况复杂。”我说。

∞

外面很冷。当我走到街角向北转的时候，正好有一阵刺骨的风从我背后吹来。我穿着西装，但并不够暖。

走向地铁站的半路上，我想到我其实可以借一件他的大衣。一个像杰瑞·布罗菲尔那样热中衣着的男人，肯定有三四件大衣，而黛安娜可能会很高兴地借我一件。我当时没想到，她也没主动提起，现在我觉得没借也好。今天到目前为止，我已经坐了他的椅子，喝了他的威士忌，拿了他的钱，并且还上了他的老婆。我不必再穿着他的衣服在街上走。

这个地铁站的月台像长岛火车站一样是高架的。显然列车刚走，虽然我没有听见它的声音。我本来是唯一在西行列车月台等候的人，渐渐地有其他人加入我的行列，站在附近抽烟。

理论上来说，在地铁站抽烟是违法的，无论它是在地上或地下。几乎所有的人在地底下都会遵守这个规则，而实际上，所有的吸烟者都觉得在高架月台上可以吸烟。我不知道为什么这样，地铁站，不管在地上或地下，都同样的需要防火，空气也一样的脏，抽烟并不会使空气明显的更糟，但是这条法律在其中一种形态的车站里被遵循，在另一种形态的车站里却例行性地被违反（而且不被执行），而也从来没有人解释为什么。

真令人好奇。

车终于来了，人们丢掉香烟上车。我搭的这列车布满涂鸦，但是所写的仅限于现今俗套的绰号或数字，没有一个像"我们野是人"那么有想象空间。

我并没有打算要上他老婆的。

有一刻我连想都没想到这件事，在另一刻我却很确定它将会发生，而这两个时刻是那么及时地接近并且结合。

很难确切地说为什么会发生。

我并不是经常碰到我想要的女人，而且碰到的次数是愈来愈少。也许是因为某些方面的老化，或者是我个人蜕变的结果。我前一天才碰到一个这样的女人，而为了种种理由——有些已知，有些未知，我什么也没做。现在，这事再也没有机会发生在她和我之间。

也许我大脑里某些白痴细胞设法这样说服它们自己：如果我不把黛安娜·布罗菲尔按倒在她家客厅的长沙发上，某个神经病就可能进来杀害她。

车子里很暖,我却好像还站在高架月台上,暴露于刺骨的冷风中似的打颤。这是一年中最棒的季节,也是最悲伤的;因为冬天就要来了。

7

　　旅馆里有更多的留言等着我。安妮塔又打来，艾迪·柯勒也来电两次。我走到电梯前，转身用公共电话打给伊莲。

　　"我说过不管我去或不去都会打电话的，"我告诉她。"我想我今晚不过去了，也许明天吧。"

　　"当然，马修。那边有什么重要消息吗？"

　　"你记得我们之前谈的事？如果你能再找出一些跟那个主题有关的人，我不会让你白花时间的。"

　　"我不知道，"她说，"我不想多管闲事，我希望保持他们所说的低调。我做我的事，存我的钱养老。"

　　"不动产，对吧？"

　　"嗯，位于皇后区的公寓房子。"

　　"很难想象你是房东。"

　　"房客们从来不管我是谁，物业公司会打理所有的事，那个帮我处理的人，我知道他很专业。"

"嗯，赚钱吗?"

"还好。我不会成为那些每天只花一美元喂自己的百老汇老太婆，绝不。"

"那，你可以帮我问几个问题赚点钱，如果你有兴趣的话。"

"我想我会试试。你不会让我的名字扯进去，对吧？你只是要我给点什么，好让你有个起头。"

"没错。"

"好，我会看看有什么事。"

"就这么办，伊莲，我明天过去。"

"先打电话。"

∞

我上楼，踢掉我的鞋子，四肢伸展开来摊在床上。我将眼睛闭上一两分钟，就在我陷入睡梦边缘的时候，我强迫自己坐起来。床头柜上的波本酒瓶是空的。我把它丢进垃圾桶，并查看壁橱架，结果那里还有一瓶一品脱装没开封的金宾牌波本在等着我。我把它打开，灌了一小口。它不是野火鸡，但是发挥了相同的效果。

艾迪·柯勒要我打电话给他，但是我看不出有什么理由不能等个一两天再谈。我可以猜到他要告诉我什么，而那不是我要听的。

当我拿起电话拨给安妮塔的时候，时间应该是在八点过一刻左右。

我们彼此没有太多话要向对方说，她告诉我最近账单支出很重，她曾经做了节流的工作，但是孩子们似乎一下子就大得什么都不合用，如果我能省下一点钱，她会很乐意接受。我说我刚好接了些工作，隔天早上我会寄一张汇票给她。

"这帮了我们很大的忙，马修。但是我一直留话给你的原因是，孩子们想跟你讲话。"

"没问题。"

我先和麦可说。他其实说得不多，学校生活很好，一切都还不错——普通的对白，机械而无意识。然后他让他哥哥听电话。

"老爸？童子军团要去看篮网队和绅士队在篮网主场的开幕篮球赛，而且这是个父子联谊活动，你知道吗？他们要通过球队拿票，所以大家会坐在一起。"

"你和麦可要去吗？"

"嗯，我们可以吗？我和麦可都是篮网队的球迷，他们今年应该会很好。"

"珍妮弗和我。"

"什么？"

"没事。"

"唯一的问题是，票有点贵。"

"多少钱？"

"一个人十五美元，但是包括晚餐和去体育馆的巴士。"

"如果不要晚餐要多付多少钱？"

"啥？我不——哦。"他开始咯咯笑。"嘿，这太妙了，"他说。"我去跟麦可说。爸要知道，如果不吃晚餐要另外付多少钱？你不懂吗？笨蛋！爸？如果你不搭巴士可以再省多少？"

"就是这个意思。"

"我打赌晚餐一定很棒。"

"它总是很棒的。听着，价钱不是问题，如果座位中上，听起来就不会太糟。球赛是什么时候？"

"从明天算起刚好是一个礼拜后，星期五晚上。"

"这可能有点问题，通知得太晚了。"

"上次集会他们告诉我们的。我们能去吗？"

"我不知道，我现在有个案子，我不知道它会拖多久。或者我可以挪出个几小时。"

"我想这是个颇重要的案子吧？"

"我正试着帮的这个男人被控谋杀。"

"是他干的吗？"

"我不认为是，但是这跟知道怎么证明他没干是两回事。"

"警察没办法调查、解决吗？"

当他们不想的时候，他们不会，我心想。我说："嗯，他们认为我的朋友有罪，他们懒得再进一步去查，所以他才找我帮他。"我揉搓我的太阳穴，因为它开始颤动。"听着，我们就这么办。你先去安排，好吗？我明天会寄钱给你妈，我会额外寄四十五美元的票钱，如果我不能去，我会让你知道，你就可以把票给人，跟别人一起去。你说怎么样？"

电话那头停顿了一会儿。"事实上，杰克说他愿意带我们去，如果你不能的话。"

"杰克？"

"他是妈妈的朋友。"

"嗯。"

"但是你知道，这应该是父子联谊活动，他不是我们的父亲。"

"是啊。你可以等一下吗？"我并不是真的需要喝一口，但是我不认为这对我有什么坏处。我盖上瓶盖，然后说："你跟杰克处得怎么样？"

"哦，他不错。"

"那很好。你看这样如何：如果我可以，我就带你们去，如果不行，你就用我的票带杰克去，好吗？"

我们就这样决定了。

∞

在阿姆斯特朗酒吧，我对着四五个人点头招呼，但是没有发现我要找的那个人。我坐在我平常坐的位子，当崔娜过来的时候，我问她道格拉斯·佛尔曼是否来过。

"你晚了一个小时，"她说，"他进来，喝了一瓶啤酒，付了钱走了。"

"你知道他住在哪里吗？"

她摇头。"在附近，但是我不知道在哪里，干吗？"

"我要跟他联络。"

"我问问唐。"

但是唐也不知道。我喝了一碗青豆汤，吃了一个汉堡，当崔娜送咖啡给我的时候，她在我对面坐下来，将她小而尖的下巴放在手背上。

"你的态度很古怪。"她说。

"我一直都很古怪。"

"我是说，以你来说很古怪。你要不是在工作，就是在担心某些事情。"

"也许都有。"

"你在工作吗?"

"嗯。"

"所以你在找道格拉斯·佛尔曼? 你为他工作吗?"

"为他的一个朋友。"

"你试过电话簿了吗?"

我用食指轻触了她的小鼻子。"你应该去做侦探,"我说,"也许你会比我做得更好。"

只是他的电话没有登记。

在曼哈顿的地址名录上有大约两打叫佛尔曼的,叫福尔曼的有四打,还有一些叫佛曼和佛孟的。我在旅馆房间里将这些电话集中起来,然后从楼下的公共电话打出去,偶尔停下来去跟维尼多要几个铜板。从房里打出去的电话收费双倍,没有目标地浪费铜板已经够恼人的了,更何况双倍。我试了在阿姆斯特朗酒吧方圆两英里内所有的佛尔曼,不管怎么拼的。我和许多与我的作家朋友同姓,甚至一些同名的人讲话,但是没有找到认识他的人。在我放弃之前,我已经花了很多一角钱。

∞

大约十一点,或是更晚,我又回到阿姆斯特朗。几个护士占了我常待的那张桌子，所以我就换到旁边那一桌。我很快地看了拥挤的酒吧一眼，确定佛尔曼不在这里，然后崔娜疾步走来对我说："别看旁边，或是做点别的事，酒吧里有个人在打听你。"

"我都不知道可以说话不动嘴唇。"

"从前面数过来第三张桌子，那个大个子，他刚刚戴了顶帽子，但是我不知道他是不是还戴着。"

"他还戴着。"

"你认识他吗？"

"你可以随时辞掉这份苦差事去做个腹语师，"我建议她，"或者你可以在那些老监狱电影里演戏，如果他们还拍的话。他读不到你的唇语，孩子，你是背对着他的。"

"你知道他是谁吗？"

"嗯，没事。"

"我要告诉他你在这儿吗？"

"你不必告诉他，他正向这里走来。去问唐他喝的是什么，再给他倒一杯来，我的话就老样子。"

我看着艾迪·柯勒走过来，拉开一张椅子，坐下。我们盯着对方看，很小心地相互打量着。他从外套口袋掏出一支雪茄，将它拆封，然后轻拍他的口袋直到找到一根牙签戳穿雪茄的尾端。他花了很多时间点雪茄，将雪茄置于火焰中，最后终于点燃。

崔娜送酒回来的时候，我们依然没有开口。给他的饮料看起来是苏格兰威士忌和一杯水，她问他是不是要混在一起，他点点头。她为他将两者加在一起，然后把饮料放在他面前的桌上，接着她给我一杯咖啡和双份波本。我啜了一口纯波本，其余的倒咖啡里。

艾迪说："你很难找，我留言了好几次。我猜你从来不回旅馆看留言。"

"我看了。"

"是啊，之前我去查的时候那个柜台人员也是这么跟我说，所以我猜你试着打给我的时候，我都在忙线中。"

"我没打。"

"这样啊？"

"我有事要做，艾迪。"

"没时间打个电话给老朋友，嗯？"

"我打算明天早上打给你。"

"嗯。"

"反正是明天的某个时候。"

"嗯，今晚你很忙。"

"没错。"

他似乎第一次注意到他的酒。他看着酒，就像他头一次看见这种东西似的。他把雪茄换到左手，用右手举起杯子。他嗅了嗅然后看着我。"闻起来像是我刚才在喝的。"他说。

"我告诉她再给你一杯一样的。"

"没什么新奇，西格牌的，跟我几年来喝的一样。"

"没错，你总是喝那个。"

他点头。"当然，我一天很少超过两三杯。两三杯酒——我猜那大概是你早餐喝的量吧，马修？"

"哦，没那么糟，艾迪。"

"没有？真高兴听你这样说。你知道，一个人总会听到一些流言蜚语；都是些光怪陆离的事情。"

"我可以想象。"

"你当然可以。呃，你到底为什么而喝？有任何特别要举杯庆祝的事吗？"

"没什么特别的。"

"说到特别，特别检察官怎么样？你反对为艾柏纳·普杰尼恩喝一杯吗？"

"随你怎么说。"

"好极了。"他举起杯子。"为普杰尼恩，祝他去死，然后从头到脚烂光光。"

我用我的杯子碰了他的，然后我们便喝了。

"你不反对为此干杯？"

我耸耸肩。"只要你高兴。我不认识我们为他举杯的这个人。"

"你从没见过那狗娘养的？"

"没有。"

"我见过，是个狡猾的混蛋。"他又喝了一口酒，然后气恼地摇摇头，将杯子放回桌上。"马修，我们认识多久了？"

"好几年了，艾迪。"

"我想也是。你他妈的在帮布罗菲尔那屎头做什么？你会告诉我吗？你他妈的干吗跟他扯上了？"

"他雇了我。"

"做什么？"

"找出能够还他清白的证据。"

"帮他找一个能摆平谋杀罪的方法，那就是他要你做的。你知道他是个什么样的杂种吗？你知道吗？"

"我很清楚。"

"他想要狠狠搞整个警局一记，那就是他想做的。要帮那个土货揭露高层的腐败。老天，我讨厌这个胆小的杂种，他就像你看到的警察一样腐败。我是说，他去外面猎钱，不只是别人把钱送到他手上，他还要去找呢。他去外面像疯子似的侦查，找那些下三滥的勾当和皮条客，或其他任何事情，但不是逮捕他们；除非他们没钱，他们才会到警局去。他在做他自己的生意，他的警徽是一张'抢钱许可证'。"

"这些我都知道。"

"你都知道你还帮他做事。"

"如果他没杀那个女孩呢？艾迪？"

"她像石头一样死在他的公寓里。"

"你想他会笨到杀掉她还把她留在那里？"

"哦，他妈的。"他吸了一口雪茄，雪茄的末端发出红光。"他出去丢掉杀人的凶器，不管他用什么打她或刺她。然后他在某处停留，喝了点啤酒，因为他是个自大的龟孙子，也有点神经病。然后他回去处理尸体，他想要把她丢在某处，但是那时我们已经有人在现场等着逮他了。"

"所以他就自投罗网。"

"不然能怎样？"

我摇摇头。"这不合理。他也许有一点疯狂，但是他绝对不笨，而你却把他的行动说得像个白痴。你的手下怎么知道那个公寓是第一现场？报上说你们接获电话通报，对吗？"

"没错。"

"匿名的？"

"对，所以呢？"

"这太顺了。有谁会知道而通报给你们？她尖叫了吗？有其他人听到吗？密报是从哪里来的？"

"有什么差别？也许某人透过窗户看到。不管是谁，总之有人打电话来说一个女人在什么什么样的公寓里被谋杀了，警察赶到那里，发现一个女人头上被打肿了一块，一把刀刺在她背上，而她已经死了。谁在乎通报者怎么知道她在那儿？"

"这里头可有很大的差别。例如，是通报者把她放在那儿。"

"哦，拜托，马修。"

"你没有任何事实证据，所有的证明都是间接的。"

"这样已经足以逮他了。我们有他的动机、下手的机会，我们还有个女人死在他的鬼公寓里。看在老天的分上，你还要什么？他有太多的理由要杀她。她抓住他的致命伤并公诸于世，他当然要她死。"他再吞了一些酒，接着说："你知道吗？你一直都是个他妈的好警察，也许这些日子酒让你昏头了，也许这远超出你所能掌握的。"

"可能。"

"哦，去你的。"他重重地叹了口气。"你可以拿他的钱，马修。一个男人得赚钱，我知道那是怎么回事；只是别碍事，嗯？拿他的钱，把他榨干，他妈的，这种事他过去也做多了，该换他被人耍耍了。"

"我不认为他杀了她。"

"狗屎。"他将雪茄拿离嘴边，盯着它看，然后用牙齿咬住，大吸了一口。之后，他的语气便较软化，他说："你知道，马修，最近警局相当干净，比过去几年都干净，几乎所有的旧包袱都清除了。不用说，里面还是有人拿很多钱，但是一个搞生意的送钱进来并分发给整个分局的旧体系已不复见。"

"即使在上城？"

"嗯，上城的一个分局也许还是有点肮脏，很难让那里保持干净，你知道那是怎么回事。除此之外，警局整顿得还不错。"

"所以？"

"所以我们自律得不错，这个狗娘养的却让我们看起来又像是到处都有的屎粪。许多好人正准备起来反抗，因为有个狗娘养的想做天使，而其他狗娘养的土货则想要当统治者。"

"所以你恨布罗菲尔，但是——"

"你他妈说对了，我是恨他。"

"——但是你为什么要他去坐牢？"我倾身向前。"他已经完蛋了，艾迪，他已经玩完了。我和一个叫普杰尼恩的人谈过，他对他们已经没有用，他可能明天就摆脱陷阱，但是普杰尼恩不敢再跟他合作了。在你们的立场，不管是谁诬陷他都已经让他受够了，那我去追凶手又有什么不对？"

"我们已经抓到凶手了，他被关在'墓穴'的牢房里。"

"让我们假设你是错的，艾迪。事情会怎样？"

他坚定地注视着我。"好，"他说，"让我们假设我是错的，让我们假设你的委托人干净纯洁一如白雪，让我们说他这辈子从来没做过一件坏事，让我们说另外有人杀了——她叫什么名字？"

"波提雅·卡尔。"

"对。然后有人故意诬陷布罗菲尔，让他掉入陷阱。"

"然后？"

"你追逐这个人，你逮到他。"

"然后？"

"他是个警察，因为谁会有这么他妈的好理由要送他进监狱？"

"哦。"

"没错，哦。这看起来很棒，不是吗？"他的下巴伸向我，颈部的青筋紧绷，眼睛非常愤怒。"我不认为事情是这样，"他说，"因为我打赌布罗菲尔就像犹大一样有罪，如果他没有，就是有人要搞他，除了几个想要让这狗娘养的得到报应的警察，还有谁要搞他？这看起来真棒，不是吗？一个警察杀了一个女人，然后嫁祸给另一个警察，好阻止一件针对警察贪污的调查，这真是太好了。"

我想了想。"如果事情真是这样，你宁愿让布罗菲尔为了他没做过的事去坐牢，以免腐败的内幕曝光。这就是你刚才要说的吗？"

"狗屎。"

"这是你要说的吗？艾迪？"

"哦，看在老天的分上，我宁愿他死掉，马修，即使我必须自己动手轰掉他的臭脑袋。"

∞

"马修，你还好吧？"

我抬头看崔娜，她已经脱掉围裙，大衣则挂在手臂上。"你要走了吗？"

"我刚下班，你喝了很多波本，我只是想知道你还好吗？"

我点头。

"跟你讲话的那个男的是谁？"

"一个老朋友，他是个警察，第六分局的副队长，在格林威治村那边。"我拿起我的杯子，没喝又放下。"他大概是我在警队最好的朋友，不是很亲密，但是我们处得不错。当然，几年下来也冲淡了。"

"他要干吗?"

"他只是想谈谈。"

"他离开后,你似乎很难过。"

我仰头看她,我说:"问题是,谋杀是不同的。取走人的性命,这是完全不同的事。没有人被获准取走生命,没有人被允许取人的性命。"

"我不懂你在说什么。"

"不是他干的,他妈的,他没有做,他是无辜的,但是没有人在乎。艾迪·柯勒不在乎,我知道艾迪·柯勒,他是个好警察。"

"马修——"

"但是他不在乎。他要我走开,别再费力,因为他要那个可怜的杂种为一桩他没犯的谋杀案坐牢,他要真正杀人的那个人脱身。"

"我不明白你在说什么,马修。听着,这杯别喝完,你并不是真的需要它,对吗?"

对我而言一切似乎非常清楚。我无法了解为什么崔娜好像很难理解我所说的,我讲得够清楚了,而我的思维,起码对我来说,像水晶一样清澈而且流畅。

"清楚得不得了。"我说。

"什么？"

"我知道他要什么，别人不会了解，但是这很明显。你知道他要什么吗？黛安娜？"

"我是崔娜，马修。亲爱的，你不知道我是谁吗？"

"我当然知道。别用这种口气说话。你不知道他要什么吗？宝贝？他要荣耀。"

"谁？马修？那个跟你讲话的男人吗？"

"艾迪？"我因为这个想法大笑。"艾迪·柯勒才不理什么荣不荣耀，我在说杰瑞，以前的好杰瑞。"

"嗯哼。"她把我握玻璃杯的手指头扳开，拿走杯子。"我马上回来。"她说，"不要一分钟，马修。"然后她就走开，不一会儿又再回来。在她离开桌子的这段时间，我可能还继续在讲话，我不太确定到底有没有讲。

"我们回家吧，马修。我送你回去，好吗？或者今晚你想留在我那里。"

我摇头。"不可以。"

"你当然可以。"

"不，我得去见道格拉斯·佛尔曼，有很重要的事要去见老道格，宝贝。"

"你在电话簿上找到他了吗？"

"这就是了，簿子。他可以把我们都写进一本簿子里，宝贝，他就是这么打算的。"

"我不懂。"

我蹙眉，有点恼怒。我说得很有道理，我不能理解为什么我的话会使她困惑。她是个聪明的女孩，崔娜，她应该可以理解。

"账单。"我说。

"你已经买了，马修，你还给了我小费，你给我太多了。来吧，拜托，站起来，这才是好天使。哦，宝贝，这世界搞惨你了，对吗？没关系，你总是帮我，偶尔我也可以帮你一次，不是吗？"

"买单，崔娜。"

"你付过账了，我才跟你说过，而——"

"佛尔曼的账单。"我现在比较能说得清楚一点，想得清楚一点，而且靠我的双脚站起来。"他今晚稍早付过账，你说的。"

"所以？"

"他的支票应该有登记，不是吗？"

"当然。那又怎样？听着，马修，让我们到外面去呼吸新鲜空气，你就会觉得好一点。"

我举起一只手。"我很好，"我坚持着。"佛尔曼的支票在收款机里，去问唐你是否可以看看。"她还是不懂我在说什么。"他的地址，"我解释，"大部分的人会把他们的地址印在支票上，我早该想到这点。去看，好吗？拜托。"

他的支票的确在收款机里，而他的地址就在上面。她回来，把地址念给我听，我把我的笔记本和笔交给她，请她帮我写下。

"但是你现在不能去，马修。时间已经太晚了，而且你这样也没法儿去。"

"时间太晚了，我又太醉了。"

"明天早上——"

"我通常不会喝得这么醉，崔娜，但是我还好。"

"当然你还好，宝贝。我们出去透透气。看，已经好多了，这才乖。"

8

这是个难过的早上。我吞了几颗阿司匹林,下楼去火焰餐厅喝了很多咖啡,情况便稍微好了一点。我的手轻微颤抖,我的胃一直有翻江倒海的危险。

我想要的是一杯酒,但是我渴望的程度足以让我知道我不该喝。我有事要办,有地方要去,有人要见,所以我坚持喝咖啡。

在十六街的邮局我买了一张一千美元和一张四十五美元的汇票。我写好一个信封,把两张汇票一起寄给安妮塔。然后我走到第九大道的圣保罗教堂,我一定在那里坐了有十五到二十分钟,没特别想什么事情。出去的时候,我在圣安东尼的雕像前停下来,为一些不在的朋友点亮几支蜡烛。一支给波提雅·卡尔,一支给艾提塔·里维拉,其余的给其他的朋友。我往济贫箱的投钱口丢进五张五十元纸钞,然后走进早晨寒冷的空气中。

我和教堂有种很奇怪的关系,就这一点,我完全不了解自己。是在我搬到五十七街的旅馆不久后开始的。我开始在教堂里花时间，开始点蜡烛，最后，我开始捐钱。最后一点是最让人好奇的部分。在我收到钱之后，不管我收到多少，总是在我经过的第一个教堂停下来，捐出十分之一所得。我不知道他们会把钱拿去做什么，他们可能将一半的钱用于改变那些异教徒的信仰，另一半则拿去帮牧师们买大房车。不过我还是继续捐钱给他们，继续在想为什么会捐钱。

基于开放的时间，天主教堂得到我大部分的捐款。他们的教堂比较常开，若非如此，我也可以算得上是个基督徒。布罗菲尔第一次付款的十分之一已经给了圣巴多罗谬教堂，那是在波提雅·卡尔家附近的英国国教教堂，现在，他第二次付款的十分之一则给了圣保罗教堂。

天晓得为什么。

∞

道格拉斯·佛尔曼住在五十三街和五十四街之间的第九大道上。一楼五金店的左边有个门，上面写着有带家具的房间可供周租或月租。前廊内没有信箱，也没有人声。我按了内门边的电铃后便等着，直到一个浅褐色头发的女人慢吞吞地走到门边把门打开。她穿着一件格子睡袍，脚上的室内拖鞋已经十分破旧。

"客满了，再过去三间试试，那里通常都有得租，"她说。我告诉她我在找道格拉斯·佛尔曼。

"四楼面马路那间，"她说，"他知道你要来吗？"

"对。"虽然他不知道。

"因为他通常很晚睡，你直接上去吧。"

我爬了三层楼，一路上是大楼和里面的住户们都已束手的酸味。我很惊讶佛尔曼住在这种地方。住在破烂的地狱厨房出租房间里的人，通常不会把地址印在支票上，他们通常没有支票账户。

我站在他的房门前。里面的收音机正开着，然后我听到一阵很快的打字声，接着又只剩下收音机的声音。我敲敲门，听到椅子往后推的声音，佛尔曼的声音在问是哪位。

"斯卡德。"

"马修？等一下。"我等着门打开，佛尔曼给了我一个大大的微笑。"快进来，"他说，"天啊，你看起来糟透了，你感冒了还是怎么了？"

"我过了一个难过的晚上。"

"要来点咖啡吗？我可以给你一杯速溶的。你怎么找到我的？或者这是职业机密？我猜侦探一定很会找人。"

他在屋里跑来跑去，把电壶的插头插上，量好速溶咖啡的分量放进两个白瓷杯里，同时持续、稳定地谈话，但是我没听他在说什么，我正忙着环顾他住的地方。

我从没想过他住的地方是这样。那是一间套房，不过是很大的一间，也许有十八英尺乘二十英尺，有两扇窗可以俯瞰第九大道。最让这间屋子引人注目的是他和这栋大楼之间的戏剧性对比；所有的肮脏和破旧都停在佛尔曼的门槛之外。

他的地板上铺了一块地毯，可能是波斯地毯或几可乱真的仿制品，墙上则嵌着从地板到天花板的落地书架，窗前有一张长十二英尺的书桌，也是嵌在墙上的；就是墙上的油漆也很特别。没有被书架覆盖的墙，以带光泽的白漆起头，逐渐转为深象牙色。

他见我盯着室内的一切，眼睛便在厚厚的镜片后面舞蹈起来。"每个人看了都是这样的反应。"他说。"你上来时爬的那些楼梯，很让人沮丧对吧？然后你走进我的小避风港，就几乎是一种震撼。"水壶响了，他去泡咖啡。"但是我并不是有意这样做的。十几年前我租下这个地方，因为除了这里，我负担得起的地方少之又少。当时，我每周付十四块，但是我好几次得费尽力气才拿得出这十四块钱。"

他将咖啡搅拌了一下，将杯子递给我。"后来我得以靠写作过日子，但是我对于搬家却很犹豫。我喜欢这个地点、区内的感觉，我甚至喜欢这个街区的名字——地狱厨房。如果你要成为一

117

个作家，还有哪里比一个叫做'地狱厨房'的地方更好的？另外，我也不希望我自己付大笔的租金。我开始有人代笔，知道我作品的杂志编辑也愈来愈多，即使如此，这还是一个很不稳定的行业，我不希望房租成为每个月的大难题等待解决。所以我就开始整理这个地方，让它成为可以忍受的地方。我每次弄一点，第一件事就是装上全套防盗警报系统，因为我真的很担心某个毒虫闯进来偷走我的打字机。然后是书架；因为我实在厌倦了把我所有的书都堆在纸箱子里。接下来是桌子。最后，我丢掉原来那张我想乔治·华盛顿可能都睡过的床，买了一张必要时可以挤八个人的大床，这个地方就一点一点地整合了起来。我还蛮喜欢的，我想我是不会搬家了。"

"这儿很适合你。"

他很快地点点头。"是啊，我也觉得。大概两年前开始，我一想到他们可能把我撵走，就紧张得揪心。我大半心血都投资在这地方了。又或是他们要调涨我的租金怎么办？我是说，我还是按周缴房租的哩，老天，那时房租已经上涨，大概一周二十块，但是万一他们要提高到一周一百块呢？你晓得，谁知道他们会怎么做？所以我呢，我告诉他们我愿意每个月付一百二十五块，另外，我愿意私下付五百块现金，换一张三十年的租约。"

"他们给你了吗？"

"你听过有人在第九大道为一间套房签三十年租约吗？他们以为逮到了一个白痴。"他低声笑着。"此外，他们套房的租金每周从没超过二十块，而我给了三十块，另加一些台面下的现金。他们马上拟了一张合约，我签了字。你知道他们在这个地点租这样大的小公寓要付多少？"

"现在？两百五、三百吧。"

"少说三百，而我还是付一百二十五。再过两三年，这个地方会值五百块一个月，如果通货继续膨胀，也许会涨到一千，而我还是付一百二十五。有个人正在买整条第九大道的房地产，有一天他们会像推保龄球瓶一样把这些大楼都推倒，但是他们要不就得花钱买我的租约，要不就得等到一九九八年再来拆房子，因为我的租约给我这么久的时间。漂亮吧？"

"你做了一笔好交易，道格。"

"我这辈子唯一做的聪明事，马修。我并不是故意要耍小聪明，我这么做只因为在这里很舒服，而我讨厌搬家。"

我啜饮一口咖啡，它并不比我早餐喝的差太多。我说："你和布罗菲尔怎么会那么熟？"

"我也想到你是为了这件事来的。他疯了还是怎么着？干吗跑去杀她？这一点道理都没有。"

"我知道。"

"我一直认为他是个脾气温和的人。一个体型像他那么大的人得要稳定一点才行，否则破坏力会很惊人。像我这样的人抓狂了也没什么大碍，因为我需要一门大炮才有杀伤力，但是布罗菲尔——我猜他受不了了，然后出手就杀了她，对吧？"

我摇摇头。"有人重击她的头，然后用刀刺了她，你不会因为冲动而这样做。"

"听你话里的意思，好像你不认为是他干的。"

"我确定不是他做的。"

"老天，我希望你是对的。"

我看着他，宽大的前额和厚厚的镜片，让他看起来像只极其聪明的昆虫。我说："道格，你怎么认识他的？"

"因为我曾经写过的一篇文章。为了研究，我必须和一些警察谈话，他是其中一个和我谈过的人，我们聊得相当愉快。"

"那是什么时候的事了？"

"四五年前吧。干吗？"

"你们只是朋友吗？因此他掉进这摊浑水的时候就来找你？"

"嗯，我不认为他有太多朋友，马修，而且他不能找任何一个警察朋友帮他的忙。他曾经告诉我，警察通常不会有很多非警界的朋友。"

这倒是真的。不过布罗菲尔在警界似乎也没有太多朋友。

"道格，他一开始为什么要去找普杰尼恩？"

"谁晓得，别问我，去问布罗菲尔。"

"但是你知道答案，对吧？"

"马修——"

"他要写一本书，这就是答案，对吧？他希望事情搞得够大，让他成为名人，然后他要你帮他写书，然后他可以上所有的脱口秀展露他那迷人的招牌笑容，跟许多重要人物称兄道弟。这就是你会介入的理由，这是你唯一介入这件事的理由，这也是他会去普杰尼恩办公室的唯一理由。"

他没有看我。"他想保密，马修。"

"当然。等事情过后，他为了响应大众的需求，就会好巧不巧写出一本书。"

"这非常具爆炸性，不仅他在调查中所扮演的角色，他这一生都是。他曾经告诉过我一些我所听过的最吸引人的事，我真希望他能让我录下一部分，但是所有的事情都不能留下记录。当我听说他杀了她的时候，我马上想到的是这个千载难逢的机会就这么溜走了，但如果他真的是无辜的——"

"他怎么会想到要出书呢？"

他犹豫了一下，然后耸耸肩。"算了，干脆全都告诉你好了。这是一个很自然的想法，最近警察出的书很畅销，但是他可能不是自己想到的。"

"波提雅·卡尔。"

"没错，马修。"

"她提议的？不，这说不通。"

"她说的是出一本她自己的书。"

我放下杯子，走到窗边。"什么样的书?"

"我不知道，我猜大概像《快乐的妓女》之类的吧。这有什么关系吗?"

"哈德斯提。"

"哦?"

"我打赌这是他去找哈德斯提的原因。"

他望着我。

"纳克斯·哈德斯提，"我说，"美国地区检察官。布罗菲尔去找普杰尼恩之前曾经找他，当我问他为什么的时候，他的说法并不合理。因为在逻辑上，普杰尼恩是他该找的人，警察贪污是他特别有兴趣的领域，而对于一个联邦检察官来说，这不是个很有分量的案子。"

"所以?"

"所以布罗菲尔应该知道这一点。除非他觉得其中有什么好处，他才会找上哈德斯提。他也许是从波提雅·卡尔那里得到出书的点子，也许去找哈德斯提的想法也是从她那儿来的。"

"波提雅·卡尔和纳克斯·哈德斯提有什么关系？"

我告诉他这是个好问题。

9

哈德斯提的办公室在联邦广场大楼的二十六楼，其他楼层都是司法部纽约分处的单位。他的办公室距离艾柏纳·普杰尼恩的办公室只有几个街口，不晓得布罗菲尔是不是在同一天内拜访了这两个人。

我先打了电话，确认哈德斯提没有出庭或出城。虽然如此，我还是不用到市区跑一趟，因为他的秘书告诉我，他没进办公室，他得了肠胃炎留在家里。我询问他家里的地址和电话号码，但是她不能告诉我。

电话公司便没有这么严格了。他有登记。纳克斯·哈德斯提，东缘大道一一四号，还是个有四级转接服务的电话号码。我打了那个号码，找到了哈德斯提，他的声音听起来让人觉得，所谓的肠胃炎只是宿醉的另一种含蓄说法。我告诉他我的名字，说我想去见他。他说他不舒服，于是开始推托，我唯一一张有用的牌是波提雅·卡尔的名字，所以我打了这张牌。

我不确定我期待的是什么样的反应，但肯定不是我得到的那一个。"可怜的波提雅。这真是件悲惨的事，不是吗？斯卡德，你是她的朋友吗？我很期望和你一聚，我想你现在没空吧？你可以吗？好，太好了，你知道这里的地址吗？"

我在坐出租车的途中才弄懂，我一直想当然地以为哈德斯提是波提雅的客户之一。我想象当她用皮鞭抽打他时，他四处跳的模样。在公家机构服务而有政治野心的人通常不喜欢陌生人打听他们非比寻常的性癖好，我以为他会否认波提雅·卡尔的存在，或起码会闪烁其词，结果我却得到热烈的欢迎。

所以我显然有些事情猜错了。波提雅的重要客户名单里，并不包括纳克斯·哈德斯提，他们之间只有业务关系，毫无疑问的是有关他的业务，而不是她的。

这样事情就很合理了。这与波提雅写书的念头吻合，同时也与布罗菲尔的野心漂亮地连结在一起。

哈德斯提住的是一栋建于大战之前的石砖面十四层大楼，楼下有个装饰艺术风格的挑高大厅，而且用了很多黑色大理石，门房则有着红褐色的头发和警卫常留的那种小胡子。他知道我要来，并且把我带给电梯。电梯员是个黑人，个子小得刚好可以够到最上面的电梯钮。他必须要够那个钮，因为哈德斯提住在顶楼。

这个顶楼令人印象深刻。挑高的天花板、豪华而昂贵的地毯、壁炉和东方古物。一个牙买加女佣领我到书房，哈德斯提正在那儿等我。他起身从书桌后面走出来，并且伸出手。我们握了手，然后他请我坐下。

"喝点什么？咖啡？因为这个鬼溃疡，我喝牛奶。我得了肠胃炎，它总是转成溃疡。你要喝什么？斯卡德？"

"咖啡，如果不麻烦的话。黑咖啡。"

哈德斯提对女佣重复了一次，仿佛他毫不期待她能听懂我们的对话。她几乎立刻就端来一个明镜似的托盘，上面放了一个装着咖啡的银壶，一只骨瓷杯子和茶盘，一组装奶精和糖的银制器皿，以及一只汤匙。我倒了一杯咖啡，啜了一口。

"所以你认识波提雅，"哈德斯提说。他喝了点牛奶，放下玻璃杯。他个子高而瘦，太阳穴旁的头发灰得非常明显，夏天时晒黑的皮肤还没完全白回来。我曾经想象布罗菲尔和波提雅会是多么出色的一对，而她在纳克斯·哈德斯提的臂弯里也会很好看。

"我对她不是很了解，"我说，"但是，是的，我认识她。"

"这样，嗯。恕我问你的职业，斯卡德。"

"我是私家侦探。"

"哦，很有意思，非常有意思。对了，咖啡还好吗？"

"是我喝过最好的。"

他露出一个微笑。"我太太是咖啡迷，我向来就不热中，再加上溃疡，我通常只喝牛奶。如果你有兴趣的话，我可以帮你查是哪个牌子的。"

"我住在旅馆里，哈德斯提先生。我要喝咖啡的时候，我就走到街角去喝。不过，还是谢谢你。"

"那，你随时可以来这里喝一杯像样的咖啡，没问题吧?"他给我一个非常亲切的微笑。纳克斯·哈德斯提不只靠他担任纽约南区检察官的薪水过日子，他的薪水还不够付他的租金，但是这并不意味着他到处搞钱。哈德斯提家族在美国钢铁公司并购之前，曾经拥有哈德斯提钢铁公司，而他一个叫纳克斯的祖辈人物则曾长期经营新英格兰纳克斯船运，纳克斯·哈德斯提可以双手挥霍而永远不必担心他下一杯牛奶在哪里。

他说:"你是私家侦探，而你认识波提雅，我或许用得上你，斯卡德先生。"

"我才希望用得上你呢。"

"你说什么?"他的脸色大变，背脊也僵硬起来，就像闻到了什么非常难受的气味。我猜我的话听起来像勒索的开场白。

"我有个委托人，"我说，"我来找你是要弄清楚某些事情，不是对你提供，或者出售信息，同时我也不是来勒索的，先生，我不希望给你这样的印象。"

"你有个委托人?"

我点点头。其实我很庆幸给了他这样的印象,虽然我是无心的。他的反应非常明显,如果我是来勒索的,他跟我就没什么好谈的,而这通常意味着这个人没有理由害怕被人勒索。无论他和波提雅是什么关系,他们的关系都不会给他带来麻烦。

"我代表杰瑞·布罗菲尔。"

"那个杀了她的男人。"

"警方这样认为,哈德斯提先生。不过,他们会这样想也不意外,不是吗?"

"说得好。据我所了解,事实上,他是在行动中被捕的,不是吗?"我摇摇头。"很有意思,你想知道——"

"我想知道谁杀了卡尔小姐,并且陷害我的委托人。"

他点点头。"但是我不知道我怎么帮你达到目的,斯卡德先生。"

我的地位提升了——从斯卡德变成斯卡德先生。我说:"你怎么认识波提雅·卡尔的?"

"做我这个工作的人必须认识各式各样的人,而我们接触最多的人未必是我们喜欢交往的人。我相信这也是你的经验,不是吗?我猜,调查性的工作都差不多吧。"他很优雅地微笑;他将他的工作与我的相提，我应该感觉受到恭维。

"在我见到卡尔小姐之前便已闻其名，"他接着说，"比较好的妓女对我们办公室非常有帮助。我听说卡尔小姐的价码相当高，而且她的客户主要是——哦，是对非传统的性行为感兴趣的人。"

"我知道她专接想要被虐待的客人。"

"绝大多数。"他做了个鬼脸，他可能希望我不要说得那么明确。"英国人。你知道，这就是所谓的英国怪癖。一位英国籍的女主人对一个美国籍的被虐狂来说，特别具有吸引力，起码卡尔小姐是这样告诉我的。你知道本地的妓女为了赚被虐狂客户的钱，经常假装英国或德国口音吗？卡尔小姐向我保证这很普遍；而且神奇的是，德国口音对于犹太裔客户来说，特别有吸引力。"

我又倒了一杯咖啡。

"事实上，卡尔小姐相当纯正的口音增加了我对她的兴趣，她很'脆弱'，你知道。"

"因为她可能会被驱逐出境。"

他点头。"我们和移民局的人在工作上有不错的关系，我们并不经常借着恐吓某某来办事，但是妓女们对客户忠诚而闭紧双唇的传统，只是一种浪漫的幻想，而非她们的本性。小如驱逐出境的威胁，便足以让她们马上提供百分之百的合作。"

"波提雅·卡尔就是其中一例?"

"一点没错。事实上,她变得相当热心。我想她喜欢扮演玛塔·哈莉的角色①——在床边搜集情报,然后交给我。她并没有供应我那么多的消息,但是她逐渐成为我在调查上的重要消息来源。"

"主要是针对哪方面的调查呢?"

他有一点犹豫。"没有特定,"他说,"我只是认为她可能很有用。"

我又喝了一点咖啡,别的不说,哈德斯提让我明白我的客户到底了解多少。因为布罗菲尔对我有所隐瞒,所以我得用间接的方法得到这个信息。但是哈德斯提并不知道布罗菲尔没有对我完全坦白,所以他无法向我否认任何可能是从布罗菲尔那里得知的信息。

"所以她很热心地合作。"我说。

"哦,非常热心。"他在回忆中微笑。"她相当迷人,你知道。她想写一本以她妓女生涯和为我工作为内容的书,我想是玛塔·哈莉那个荷兰女孩给了她这个灵感。当然,因为那个荷兰女孩所

---

① Mata Hari,荷兰女间谍泽勒的艺名。第一次世界大战期间,为德军从事间谍活动,后被捕判罪,在巴黎被枪决。

扮演的角色，她无法在这个国家立足，但是我真的不认为波提雅·卡尔可能写书，你说呢?"

"我不知道，她也不会知道了。"

"不，当然不。"

"不过，杰瑞·布罗菲尔却可能知道。当你告诉他，你对警界的腐败没有兴趣时，他是不是非常失望?"

"我不确定我当时是不是真的那么说。"他突然蹙眉。"他是为这个来找我吗? 老天，他想写一本书?"他不相信地摇摇头。"我永远不了解人，"他说，"我知道他的自命清高不过是装模作样，这也让我决定不要与他有任何瓜葛，他的自以为是远比他要提供给我的消息还多。我就是不能相信他，而且我觉得他对我的调查是弊多于利，结果他就跑去找特别检察官那家伙。"

特别检察官那家伙。要琢磨出纳克斯·哈德斯提对艾柏纳·普杰尼恩的看法并不难。

我说："他去找普杰尼恩让你很困扰吗?"

"为什么这会让我困扰?"

我耸耸肩。"普杰尼恩开始大作文章，报纸让他好好地表演了一番。"

"如果他要的是宣传，那他是比较有力量了。但是现在，这件事反而让他被逆火烧着似的。你不觉得吗?"

"而这一定让你很高兴。"

"这证实了我的判断。但是话说回来,这为什么该让我高兴?"

"哦,嗯,你和普杰尼恩是对头,不是吗?"

"哦,我可不会那么说。"

"不是吗?我以为你是。我以为这就是你要她控告布罗菲尔勒索的原因。"

"什么话!"

"你还有什么理由这样做?"我故意让我的语调显得我并不是要指控他,而是将之视为我们彼此都知道而承认的事。"一旦她对布罗菲尔提出控告,他就不再具危险性,普杰尼恩也不想再听到他的名字被提起,同时还使得一开始用了布罗菲尔的普杰尼恩看起来像个傻子。"

他的祖父或者曾祖父可能曾经失控,但是有几代良好教养为背景的哈德斯提,几乎可以保持他所有的冷静。他在椅子里直了直身子,不过也仅止于此。"你的消息错了。"他告诉我。

"提出指控不是波提雅自己的主意。"

"也不是我的。"

"那她前天大约中午的时候为什么要打电话给你?她需要你的建议,你告诉她继续演戏,就把指控当作是真的一样。她为什么打电话给你？你为什么那样告诉她？"

这一次他没有生气，只是有点拖拖拉拉的——他拿起那杯牛奶，没喝就又放下，接着玩弄着镇纸和拆信刀。他看着我，问我怎么知道她打过电话给他。

"我在场。"

"你在——"他瞪大了眼睛。"你就是那个要和她谈的人。不过我想——你是在那起谋杀之前就为布罗菲尔工作了。"

"是的。"

"老天，我以为——嗯，我以为他是在凶杀案被捕之后才雇了你。嗯……所以你就是那个让她十分焦虑的人。但是我在她和你见面之前就和她谈过了。我们谈话的时候，她甚至不知道你的名字。你怎么知道——她没有告诉你，她不会这样做。哦，老天，你唬我的，对吧？"

"你可以说这是个受过训练的推测。"

"我还是认为你在唬人，我大概不会想跟你玩扑克牌了，斯卡德先生。是的，她打过电话给我——我可以承认，因为这相当明显。而且我告诉她要坚持指控是真的，虽然我知道不是，但是一开始不是我叫她去控诉的。"

"那，是谁？"

"某些警察。我不知道他们的名字，而且我不认为卡尔小姐知道。她说她不知道，而在这个议题上，她似乎是对我坦白的。你知道，她并不想提出那些控告，要是我有机会帮她解套，她什么都会愿意做。"他微笑。"你可能以为我有理由终结普杰尼恩先生的调查；尽管我见到那个人脸上被砸了鸡蛋不会难过，但是我绝不会大费周章地自己动手。某些警察，无论如何，有更强烈的动机蓄意破坏调查。"

"他们有卡尔的什么把柄？"

"我不知道。当然，妓女总是很脆弱的，但是——"

"但是？"

"哦，这只是我的直觉。我有种感觉，他们并非藉法律之名，而是用某种法律之外的惩罚来威胁她，我相信她对他们的恐惧是肉体上的。"

我点头。我和波提雅·卡尔见面时也有这种感觉。她不像是个害怕被驱逐出境或是被捕的人，倒像是很担心被打或被杀；她是个眼看十月到来，而深深恐惧冬日降临的人。

10

伊莲住的地方距离波提雅·卡尔生前的住处不过三个街口，她那栋楼坐落于第一和第二大道之间的五十一街上。管理员通过对讲机查明我的身份，并示意我可以入内，然后电梯将我带到九楼，伊莲打开了门在门口等我。

我认为她比普杰尼恩的秘书好看很多。她现在大约三十岁，看起来总比实际年龄年轻，而且她的轮廓是随着岁月增长会更加好看的那一型。她的温和与她冷硬具现代感的公寓形成对比，整间屋子都铺着白色粗毛地毯，所有的家具都是有棱有角、原色几何图形的。我通常不喜欢这样的房间，但是她这地方却让我喜欢。她曾告诉过我，房子是她自己布置的。

我们就像老朋友般的互相亲吻。她抓住我的手肘，身子向后倾。"特务马岱报告，"她说，"可别小看我喔，老兄。我的这个相机只是看起来像一个相机，其实是个领带夹喔。"

"我说你弄反了吧?"

"这个嘛,但愿如此。"她转过身,飘然走到一旁。"其实我还没有找到太多线索。你想知道她电话簿里有哪些重要人物是吧?"

"特别是那些政客。"

"我就是这个意思。我问的每一个人都讲了三四个名字,一些是演员,也有些是歌手。老实说,有些应召女郎就和那些追星族一样糟糕,她们和其他跟名人上过床的人一样爱现。"

"你是今天第二个告诉我应召女郎并非对每件事情都保密的人。"

"哈!不是每个妓女都是守口如瓶的青楼女子史黛拉·史戴柏,马修。当然,我可是心理健康小姐选拔的第一名。"

"那当然。"

"她没有提到她电话簿里有哪些政客,也许是因为她并不因此自豪。如果她曾经跟州长或参议员搞过,应该会有人听说过。但是如果那是本地的某人,谁会在乎?有什么大不了的?"

"这些政客若知道他们没有那么重要,可能会很伤心。"

"可不是?他们肯定很不是滋味。"她点燃一支烟。"你应该去搞到她的电话簿。就算她很聪明地用代号记录,你还是会有这些客户的电话号码,你可以经由电话回头去找出人名。"

"你的电话簿是用代号吗？"

"名字和号码都是，亲爱的。"她露出得意的笑。"谁偷了我的电话簿等于偷到垃圾，就像偷了奥赛罗的荷包；不过那是因为我就像布兰达·布莉安一样，是个聪明的妓女。你能弄到波提雅的电话簿吗？"

我摇头。"我确定警察已经搜遍她住的地方，如果她有电话簿，他们一定已经发现，然后在翻遍它后丢到河里。他们不要虎头蛇尾，让布罗菲尔的律师有机可乘。他们要掏空他内脏然后五马分尸，除非布罗菲尔是簿子上唯一的一个名字，他们才会留下这本电话簿。"

"你想是谁杀了她，马修？警察？"

"大家都这样猜。也许我离开警界太久了，我很难相信警察只是为了诬陷某人而真的去谋杀某个无辜的妓女。"

她张嘴，却又合上。

"怎么了？"

"嗯，也许你离开警界太久了。"她看起来还想说些什么，却很快地摇摇头。"我想给自己倒杯茶。我真是个差劲的主人，你要不要喝点什么？我没有波本，但是有苏格兰威士忌。"

正好。"一小杯，纯的。"

"马上来。"

当她在厨房时，我想了想警察和妓女的关系，以及伊莲和我的关系。在我离开警局之前，我就已经认识她好几年了。我们第一次见面是很社交性的，虽然我不记得确切的情况。我相信我们是通过一个共同的朋友在餐厅或其他什么地方介绍认识的，我们也可能是在一个派对上遇见的，我不记得了。

对妓女而言，有个关系特别好的警察是件很有用的事。如果，另一个警察同僚让她不好过，他可以帮她把事情搞定。在法律方面，他可以给她一些具有实际考虑的建议，这类建议经常比她从律师那里得来的更有用。当然，她则像女人通常用以回报男人的方法，报答他所做的一切。

所以我在伊莲·马岱的免费名单上混了好几年，当她四周的压力开始逼近的时候，我就是那个她要找的人。我们都不会滥用特权，如果我刚好在附近，每隔一阵子我就会来看看她，而十次有八次她找我都是因为上述的状况。

后来我离开了警界，有几个月我完全没有兴趣跟人接触，对所有的性接触更是没有胃口。然后有一天，我有兴趣了，我打电话给伊莲，并且来见她。她一直没提我已经不是警察而我们的关系也因此改变之类的话。如果她说了，我或许就不会想再去找她。但是在我离开的时候，我在茶几上放了些钱，然后她说她希望很快会再见到我，而她的确不时就会见到我。

我想我们最初的关系构成了警察腐败的一种形态。我既不扮演她的保护者，我的工作也不在于逮捕她，我曾经在值勤的时候去找她，而我的正式职务则让我得到了与她同床的权利。这就是腐败，我想。

　　她为我送来我的饮料——一个装了三盎司威士忌的玻璃杯，然后她带着一杯奶茶坐进长沙发。她将双腿蜷在她小巧的臀部底下，用一支小汤匙搅拌她的茶。

　　"天气真好。"她说。

　　"嗯。"

　　"我真希望住得离中央公园近一点。每天早上我都花很长的时间散步；像今天这样的时候，我会想在中央公园里散步。"

　　"你每天早上都花很长的时间散步？"

　　"当然，有好处的。怎么了？"

　　"我以为你会睡到中午。"

　　"哦，不，我是个早起者，当然，我自中午以后才有访客。我可以早睡因为我很少让人在这里待到晚上十点以后。"

　　"这真有趣，人们总以为这是过夜生活的行业。"

　　"然而它不是。那些男人，你知道，他们必须回家与家人在一起。我的客人当中，有百分之九十是安排在中午到六点半之间的。"

"很合理。"

"等一下我有人来，马修。但是如果你想要，我们还有时间。"

"我宁愿保留到下次。"

"嗯，也好。"

我再喝了点饮料。"再回到波提雅·卡尔，"我说，"你没找出哪个人可能和政府有某种关联？"

"嗯，我也许找到了。"我脸上的表情一定变了，因为她说："不，我不是在卖关子，老天。我知道一个名字，但是我不知道我是否弄对了，我不知道他是谁。"

"什么名字？"

"好像姓曼兹、曼区还是曼斯，我不确定。我知道他是某个跟市长有关的人，但是我不晓得是什么关系，至少我听到的是这样。别问我这家伙的名字，因为没人知道他的名字。这是否给了你什么线索？曼斯、曼兹或曼区，或者其他像这样的姓？"

"没有唤起什么。他和市长有关系？"

"嗯，我听说是这样。我知道他喜欢做什么，如果那有帮助的话。他是一个厕奴。"

"厕奴是什么鬼？"

"真希望你晓得，谈这个对我来说不是特别兴奋的事。"她放下茶杯。"厕奴就是，嗯，他们有很多不同的怪癖，其中一个例子是，他们想要人命令他们喝尿或吃屎，或者用他们的舌头把你的屁股，或是把马桶之类的舔干净。你可以叫他做非常恶心的事，或者一些具象征性的事，好比让他们拖浴室的地板。"

"为什么有人——算了，别告诉我。"

"世界是愈来愈奇怪了，马修。"

"嗯。"

"似乎再也没人上床了。你可以靠玩性虐待赚好大一笔钱；如果你能满足他们的幻想，他们就会付大把的钞票。但是我认为不值得，我可不想去满足这些怪癖。"

"你还真是个老派的女孩，伊莲。"

"这就是我。我喜欢硬裙衬、薰衣草香包和所有的好东西。再来一杯?"

"一点就好。"

她倒酒回来的时候我说："曼斯或曼区或是类似的姓。我会看看这能不能有什么进展，虽然我想这是条死胡同。我对警察愈来愈有兴趣了。"

"因为我说的事吗?"

"因为你说的，以及一些别人说过的事。她在警队有照顾她的人吗?"

"你是说像你过去帮我那样的吗？她当然有，但是这会让你想到什么吗？他就是你的朋友。"

"布罗菲尔?"

"当然。那些勒索数字完全是胡扯，但是我猜你知道。"

我点点头。"还有别人吗?"

"可能，但是我从没听说。没有拉皮条的，没有男朋友，除非你把布罗菲尔算做男友。"

"她的生活里有别的警察介入吗？找她麻烦，或者其他种种的?"

"我没听说过。"

我啜了一口威士忌。"这有点离题，伊莲，警察找你麻烦吗?"

"你是说他们找我麻烦还是曾经找我麻烦？这种事以前有过，但是后来我学会了点。你有个警察常客，其他人就会放过你。"

"当然。"

"如果某人让我不好过，我就会报几个名字或者打个电话，一切就解决了。你知道更糟的是什么吗？不是警察，而是假扮警察的人。"

"冒充警察？那是犯法的，你知道。"

"靠！马修，难不成我还去按铃申告？曾经有些男的在我面

142

前秀出警徽，做足了戏。要是个刚来纽约的傻女孩，就只看到一片银色盾牌，而她也只能缩在一边气个半死。但是我很冷静地仔细看，结果那是小孩子拿来跟塑料手枪配成一套的玩具警徽。别笑，是真的，我就遇到过这种事。”

“他们想跟你要什么呢？钱吗?”

“哦，我拆穿他们之后，他们假装那是个玩笑，但它不是个玩笑。我碰到过要钱的，但是他们多数是要免费玩一趟。”

“于是他们就用玩具警徽。”

“我还看到过你绝对会认为是从零食附赠的玩具警徽。”

“男人是奇怪的动物。”

“哦，男人女人都是，亲爱的。我告诉你，每个人都很怪，基本上每个人都是怪胎，有时是在性方面，有时又是另一类不同的怪癖，但是大体上每个人都是疯子；包括你、我、全世界。”

∞

要发现李昂·曼区在一年半前被指派担任助理副市长并不是件难事。在四十二街图书馆里，只要很短的时间就搞定了。在我查询的那册《纽约时报》索引里，有很多姓曼斯和曼兹的，但是他们没有一个看起来与眼前的状况有关。曼区在过去五年的《纽约时报》里面只被提过一次，内容与他被指派有关，于是我很费事地到微卷室去读了那篇文章。他是文章里提到的半打人中的一个，上面只说他已经获得任命，同时指出他原来的身份是一名律师。我不知道他的年龄、住处、婚姻状况或其他任何事情。上面没说他是个厕奴，但是我已经晓得了。

我在曼哈顿的电话簿上没找到他，也许他住在别的区，或者在整个纽约市之外。也许他的电话没有登记，登记的也可能是他太太的名字。我打电话到市政府，他们告诉我他已经离开办公室了；我甚至没有试着问他家里的电话。

∞

我在麦迪逊大道和五十一街一家叫"欧布莱恩"的酒吧打电话给她。酒保名叫尼克，我认识他，因为一年多前他曾经在阿姆斯特朗工作。我们彼此都深信这个世界很小，于是互相请对方几杯酒，然后我走到后面的电话间拨了她的号码——我得查我的笔记本才知道。

她一接起电话我就说："我是马修，你方便说话吗？"

"喂，我可以，就我一个人在。我姊姊和姊夫今天早上从湾港开车来把小孩带走了，他们会在那边待到——哦，反正会待一阵子。他们认为这样对小孩比较好，我也比较轻松。我其实不想让他们把小孩带走，但是我没有力气跟他们争辩；而且，也许他们是对的，也许这样比较好。"

"你的声音听起来有点颤抖。"

"不是颤抖，只是非常空虚，非常疲倦。你还好吗？"

"我很好。"

"我希望你在这里。"

"我也希望。"

"哦，亲爱的，我希望我知道自己对这一切有什么感觉，我吓坏了。你懂我的意思吗？"

"我懂。"

"稍早前他的律师打过电话来，你跟他谈过吗？"

"没有。他想跟我联络吗？"

"事实上，他似乎对你没有太大的兴趣。他对于在法庭上打赢官司非常有信心，当我说你正在试着调查是谁杀了那个女人，他似乎——我该怎么说？他给我的印象是，他相信杰瑞是有罪的。他要让他获得开释，但是他真的一点也不认为他是清白的。"

"很多律师都是这样的，黛安娜。"

"就像很多外科医师觉得他的工作就是割盲肠，不管那个盲肠有没有问题。"

"我不确定这是不是同一回事，但是我懂你的意思。不晓得我和那个律师联络是否有意义。"

"我不知道，我要说的是……哦，这太蠢了，而且很难说出口。马修？当我接起电话却是那个律师的时候，我很失望，因为我一直期待，哦，那是你。"无声。"马修？"

"我在。"

"我不该说这些？"

"不，别傻了。"我喘了一口气。这个电话间热得不能透气，我把门打开一点。"我想早点打电话给你的，我现在不该打给你，真的，我不能说我有很大的进展。"

"无论如何，我很高兴你打来。你有任何发现吗？"

"也许。你丈夫曾经向你提过写书的事吗？"

"我写书？我不知道要从何处下笔，我曾经写过诗，恐怕不是很好的诗。"

"我是说，他有没有说过他可能会写一本书？"

"杰瑞？他连读都不读，更别说写了。为什么这样问？"

"等我见到你再告诉你。我打听到一些事情，问题是，它们是否能拼凑起来，成为什么有意义的事。他没有杀她，我就知道。这么多。"

"你比昨天更加肯定了。"

"对。"我停顿了一下。"我一直在想你的事。"

"很好，我想那很好。想些什么？"

“令我好奇的事。”

“好的还是不好的？”

“哦，我想，是好的。”

“我也一直在想。”

11

结果我整个晚上都耗在格林威治村。奇怪的是，我没有休息，一股莫名的亢奋驱动我不停地移动。那是星期五的晚上，城里比较好的酒吧就像每个星期五晚上一样的拥挤和嘈杂。我去了"水壶"、"蜜娜塔"、"惠妮"、"麦贝尔"、"圣乔治"、"狮头"、"河畔"和其他我不记得名字的地方。但是我无法在任何一个地方待下来，所以我在每家酒吧只喝一杯，结果大部分的酒精就在每杯酒之间的步行中挥发了。我一直移动，向西行，离开了观光区，逐渐接近格林威治村靠哈得孙河的地方。

当我到达"辛西亚"的时候，应该是午夜前后了。它在相当西边的克里斯托弗街上，是漫游的同性恋者去码头附近见港口工人和卡车司机途中的最后停留点。同性恋酒吧吓不倒我，但是我并不常去。有时候，我人在附近的话，就会进去坐坐，因为我跟那个老板很熟。事情得追溯到十五年前。我因为他涉及一桩少年犯罪而必须逮捕他，那个引起问题的少年当时已经十七岁，而且是个老手，但是我必须要逮捕他，别无选择——因为少年的爸爸正式提出申诉。肯恩的律师和少年的爸爸私下进行了一次交谈，律师告诉他会把什么事情带上法庭公开，后来这件事就这样解决了。

多年来，肯恩和我发展出一种介于熟人和朋友之间的关系。我走进酒吧的时候，他正在吧台后面，一如往常地看起来像是个二十八岁的年轻人。他真正的年龄一定有外表的两倍左右，你得非常靠近他，才能发现拉过皮的痕迹。那些细心梳理过的头发都是肯恩自己的，虽然染成金色的部分是一个叫做克莱柔的女士送的礼物。

他店里大概有十五个客人，一个一个看过去，你没理由怀疑他们是同性恋者，但是整体来看，他们的同性恋倾向就变得肯定，几乎是这个狭长空间的一部分，或许这气氛是他们对于我闯进这里的反应。在任何一个不完整世界里过日子的人，总是有辨识警察的能力，而我还没学会如何避免像个警察。

"马修·斯卡德先生，"肯恩大声说，"欢迎，欢迎你一如往昔。这一带的生意不像你自己预测的那么难做。还是波本吗？亲爱的，还喜欢吧？"

"就要那个，肯恩。"

"我很高兴看到一切都没改变，在疯狂世界里你依然没变。"

我在吧台旁坐下，当肯恩大声招呼之后，其他的酒客便放松了，这也许正是他想制造的效果。他在玻璃杯里倒了相当多的波本酒，然后放在我面前的吧台上。我喝了几口，肯恩向我倾身，用双肘支撑身体。他的脸晒得很黑，他在火岛度过夏天，其余的时间则借日光浴灯保持肤色。

"在工作吗？甜心。"

"事实上，是的。"

他叹了一口气。"这对我们来说最好不过。我从劳动节以后就回来工作，却到现在还不习惯。一整个夏天我都愉快地瘫在阳光下，把这个地方交给艾佛瑞胡搅。你认识艾佛瑞吗？"

"不认识。"

"我确定他背着我偷我的钱，不过我不在乎。我只想让这地方开着做我的生意。我可不是心肠不好，只是我不希望这些女孩发现城里还有其他卖酒的地方。只要收入和支出打得平，我就既幸福又快乐。等我终于有了些微利润的时候，那可就令人喜出望外了。"他眨眨眼，快步走到吧台那边去倒了几杯酒，收了点钱。然后他又回来，再一次用他的双手托着下巴。

他说："打赌我知道你在忙什么。"

"打赌你不知道。"

"要不要赌一杯？你在忙，让我想想——他的缩写该不会是 J. B. 吧？我可不是说你正在喝的金宾牌波本。应该是 J. B.（杰瑞·布罗菲尔）和他的好朋友 P. C.（波提雅·卡尔）吧？"他的眉毛很夸张地扬起。"老天，为什么你可怜的下巴向着满布灰尘的地板垂下一半了呢，马修？正是这件事让你来到这个随处可见的小地方吧？"

我摇摇头。

"真的？"

"我只是刚好经过附近。"

"这可真难得。"

"我知道他住的地方离这里只几个街口，但是这为什么会让他和这地方有关联，肯恩？他位于巴洛街的公寓附近有好几打酒吧。你是刚好猜到我在忙他的案子，还是你听到了什么？"

"我不知道这算不算是猜测，比较像是预设立场吧。他曾经在这里喝酒。"

"布罗菲尔？"

"就是那个。他不是那么常来，但是每隔一阵子就会出现。不，他不是同性恋，马修。或者他是，只是我不知道，而且连他自己也不知道。他在这里肯定没有露出他是同性恋的迹象，天晓得这里随便哪一个人都会兴奋得想把他带回家。他真是帅极了。"

"不过他不是你喜欢的型，对吧？"

"一点也不是。我喜欢下流的小男生，你清楚得很。"

"我的确是很清楚。"

"每个人都清楚得很，甜心。"有人用玻璃杯轻敲吧台要求倒酒服务。"哦，把杯子放进你的裤子里吧，玛莉。"肯恩用一种做作的英国腔对他说，"我正跟一位来自苏格兰警场的绅士谈话着呢。"他对我说："说到英国腔，是他带'她'来这里的，你知道。你不知道吗？那你现在知道了。再来一杯？你已经欠我两杯双份的了——你喝掉的那杯和你打赌输我的那杯；就来个'无三不成礼'吧。"他倒了一杯很足的双份威士忌，放下酒瓶。"我当然猜得到你为什么来这里，毕竟，这里不是你平常泡的地方。他们曾经各自或一起来过，而现在她死了，他被关在窗户上了铁条的旅馆里面，结论几乎都底定了：M. S.（马修·斯卡德）要知道有关 J. B. 和 P. C. 的事。"

"最后一部分绝对是真的。"

"那就问我呀。"

"一开始他是一个人来的？"

"有很长的一段时间，他都是自己一个人来。最初，他并不是常客，我想他第一次出现也许是在一年半之前。我看他大概一个月来个几次，每次都是一个人。他看起来像警察，同时又不太像；我没有恶意，但是他太会穿衣服了。"

"干吗影射我？"他耸耸肩，过去照顾生意。在他走开之后，我试着弄懂布罗菲尔为什么要驾临"辛西亚"。唯一合理的解释是，他想离开公寓而又不想撞见他认识的人，一个同性恋酒吧刚好符合他的需要。

肯恩回来之后，我说："你刚才提到他曾经跟波提雅·卡尔一起来，那是什么时候？"

"我不确定。他可能曾经在夏天的时候带她来过而我不知道。我第一次看到他们在一起是——三个星期前吧？当我不知道事情可能变得很重要时，要我锁定那些事是很困难的。"

"那是在你知道他是谁之前还是之后？"

"啊，聪明，聪明！那是在我知道他是谁之后，所以三个星期也许是对的，因为他开始跟那个调查人员接触后，我才熟悉他的名字的。我在报纸上看到他的照片，然后他就跟那位'女英雄'一起出现了。"

"他们一起来了多少次？"

"至少两次，也许三次，都是在同一个星期之内。我可以为你加满那杯酒吗？"我摇头。"后来我就再也没有见到他们俩一起，不过我的确看到她又来过。"

"一个人？"

"就那一次。她进来，在一张桌子旁坐下，点了一杯喝的。"

"什么时候的事？"

"今天星期几？星期五吗？那大概是星期二晚上。"

"而她星期三晚上就被杀了。"

"嗯，别看我，情人，不是我干的。"

"我相信你说的。"我想起星期二晚上我在各个公共电话丢了一角钱，结果只听到她的电话录音，原来她在这里。

"她为什么来这里，肯恩？"

"来见某人。"

"布罗菲尔？"

"我是这么猜，但是最后来和她见面的那个男人却与布罗菲尔有天壤之别，简直难以相信他们是同类。"

"他是她等的那个人吗？"

"哦，绝对是。他进来找她，而每次门一开她就抬头望。"他抓抓头。"我不知道她认不认识他，我是说，从外表看来。我有一种模糊的感觉，觉得她不认识他，不过我只是在猜。这不是很久以前的事，马修，但是我那时并没有很注意。"

"他们在一起多久？"

"他们在这里待了也许有半个钟头，也许再长一点，然后他们就一起离开，所以他们后来可能一起度过了好几个小时；他们似乎不认为我可以做他们的心腹。"

"而你不知道那个家伙是谁。"

"之前、之后都没有见过他。"

"他长得什么样子，肯恩？"

"嗯，他长得不怎么样，我会这样告诉你，不过我想，你宁愿要描述而不是评论。让我想想。"他合上眼，手指在吧台的台面打鼓似的敲着。他闭着眼睛说，"一个小个子，马修。个子矮矮的，瘦瘦的，脸颊凹陷，宽广的前额和短得吓人的下巴。他留着络腮胡尝试隐藏他没有下巴，不过上唇没有留胡子。他戴着玳瑁框的厚眼镜，所以我没看到他的眼睛，也无法真的肯定他长了眼睛；虽然我猜他有，就像大多数人通常都有一样。而且依照惯例，是一左一右，虽然偶有例外——有什么不对劲吗？"

"没有，肯恩。"

"你认识他？"

"对，我认识他。"

∞

不久我离开了肯恩的店，然后便有一段我不太记得的时间。我可能去了一两家酒吧，最后我发现自己在布罗菲尔位于巴洛街那栋公寓大楼的前庭。

我不知道是什么风把我吹到这里，或者为什么我应该来这里，但是那个时候对我来说，一定有些什么意义。一条胶制黄色长带子赫然围住里面的那道锁，他的公寓大门也被围住。我一进入他的公寓，就锁上了门并且到处去开灯，让自己觉得自在。我找到一瓶波本，为自己倒了一杯，又在冰箱里找到了一瓶啤酒当酒后的清淡饮料。过了一会儿，我打开收音机，找到一个播放不吵人音乐的电台。

再喝了一些波本和啤酒之后，我脱掉外套，整齐地挂在他的衣橱里。我剥下我其他的衣服，在抽屉里找到一套他的睡衣穿上。我必须卷起裤脚，因为我穿起来有点长了。除此之外衣服还算合身；虽然有点大，但是还蛮适合的。

在我上床之前，我拿起电话拨了号。我已经好几天没拨这个号码，但是我还记得。

电话那端是一个带着英国腔的低沉声音。"七二五五。很抱歉，现在没人在家，如果您在讯号声响起之后留下姓名和电话号码，我会尽快给您回话，谢谢。"

死亡是一个渐进的过程。有人在四十八小时前就在这个公寓里将她刺死，但是她的声音依然在她的电话中答话。

我再打了两次，只为了听她的声音，并未留言。然后我又喝了一瓶啤酒以及剩下的波本，才爬上他的床去睡觉。

12

因为追逐一个不成形的梦境，我醒来的时候非常混乱而没有方向感。有一刻我穿着他的睡衣站在他的床边，不知自己身在何处。然后记忆一拥而上，盈满而完整。我很快地淋浴，吹干，再一次穿上我自己的衣服。我喝了一瓶啤酒当早餐便离开那里，走进明亮的晨光中，感觉像个夜贼。

我想马上行动，但是我让自己在"吉米的一天"吃了一顿有蛋、有培根、有吐司和咖啡的丰盛早餐，然后搭地铁到了上城。

在旅馆等着我的，有一张留言，还有一堆被我直接扔进字纸篓的垃圾邮件。留言者是塞尔顿·沃克，他要我方便的时候回电给他。我判定没有比现在更方便的时候了，于是我便从旅馆大堂拨电话给他。

他的秘书马上帮我接了进去。他说："我今天早上见了我的委托人，斯卡德先生。他写了些东西要我读给你听。我可以念了吗?"

"请。"

"马修——我不知道曼区和波提雅之间有什么关联,他是市长助理吗?她簿子里有一些政治人物,但是她不愿意告诉我他们是谁。我不会再对你有所隐瞒了,我没有告诉你有关佛尔曼的事以及我们的计划,因为我不认为那与案子有关,所以我没有讲。别管这些了,你该注意那两个逮到我的警察,他们怎么知道要到我的公寓来抓人?谁密报给他们?从这个方向着手。"

"就这样?"

"就这样,斯卡德先生。我好像做传讯服务的,复述问题和答案,却不知道是什么意思。它们根本就像是密码一样,我相信这口信对你来说应该有些意义吧?"

"有一点。你看了布罗菲尔觉得怎么样?他精神好吗?"

"哦,非常好,他很有信心会获得释放。我想他的乐观是有理由的。"他有一缸子怎样不让布罗菲尔坐牢,或者让他继续上诉的法律策略要说,但是我不想费时去听。当他说话的速度稍微减慢,我便谢了他并向他说再见。

我到火焰餐厅去喝杯咖啡,同时思忖布罗菲尔的口信。他的建议完全错误,我想了一下就明白是为什么。他的想法就像个警察。这可以理解——他花了很多年的时间学习警察的思考方式,所以很难马上改变这种倾向。大多数的时间我自己也还是这样思考，不过我试着忘掉这个旧习惯也有好几年了。就一个警察的观点，将问题钉在布罗菲尔想要注意的地方是很合理的。你掌握疑难噪声，然后回头找线索，追踪每一条可能的路，直到你找到是谁报的案。而其中的假设是，打电话的人就是凶手，即使不是，他也可能看到了些什么。

如果打电话的人没有杀人，那就是另有其人。也许有人看见波提雅·卡尔在她死掉的那个晚上进入那栋巴洛街的公寓大楼，她不是一个人进去的，某人应该看见她与那个最后杀掉她的人挽着手走进去。

这就是警察可能想出来的故事大纲；而警局有两样东西可以完成这样的调查——人力和权威，两者缺一不可。一个独立作业的人不可能用这种方法；一个连基层警徽都没有的人，一般人不会认为他们应该跟他谈，而他也根本不会想到用这种大费周章的方法去完成任何事情。

特别是当警察一开始就不愿跟他合作，特别是当警察反对任何可能让布罗菲尔远离电椅的调查时，他更不会从这方面着手。

所以我的方法必须非常与众不同，必须是即使非警察人员也可能证实的方法。我必须找出是谁杀了她，然后我得找出一些事实来支持我已经猜到的部分。

但是首先，我得找到某人。

一个矮个子，肯恩说过了。他是矮个子、瘦瘦的、脸颊凹陷、前额宽而下巴短得吓人、有着浓密络腮胡、上唇却没有胡子，并且戴着玳瑁框厚眼镜的人。

∞

我先到阿姆斯特朗去看了看。他不在，那天早上他还没有去过那里。我想要喝一杯，但是我想我不喝酒也可以逮到道格拉斯·佛尔曼。

但是我没有机会这么做。我去他的公寓按了电铃，又是那个褐发的女人来应门，她可能穿的是同一件袍子和拖鞋。她再一次告诉我已经客满，并且建议我试试沿街的第三家。

"道格拉斯·佛尔曼。"我说。

她费力地抬眼注视我的脸。"四楼最前面，"她说。她稍微蹙眉："你来过这里，来找过他。"

"没错。"

"对嘛，我就说我见过你。"她用食指擦过鼻子，又抹抹袍子。"我不知道他在不在，你要敲他的门就请便。"

"好的。"

"不过别乱搞他的门，他装了防盗警铃，什么声音它都会响，我甚至没办法进去帮他打扫，他自己打扫，想象一下那个状况。"

"比起其他人，他也许是跟你在一起最久的。"

"听着，他在这儿比我待得还久。我已经在这里工作，有——一年？两年？"如果她不知道，我也无法帮她。"他已经在这里好多年了。"

"我猜你跟他很熟。"

"一点也不熟，我跟他们都不熟。我没时间去认识人，先生。我有我自己的问题，你该相信。"

我相信，但是我并不因此想知道那是什么问题。她显然不能告诉我任何有关佛尔曼的事，而我对于她可能告诉我的其他事情毫无兴趣。我从她身边走过，爬上楼梯。

他不在家。我试了门把，门是锁着的。这扇门的门闩也许很容易打开，但是我不想弄响警铃。我想要是那位老妇人没有提醒我，我可能早就忘记警铃的事。

我写了一张请他立即与我联络的纸条，签了我的名字，加上我的电话号码，把纸条送进门下的细缝；然后我便下楼走出去。

∞

在布鲁克林的电话簿里记载着一个李昂·曼区，地址是在皮尔朋街，也就是布鲁克林高地，我想那是个适合厕奴居住的好地方。我拨了号，电话响了十几声我才放弃。

我试了普杰尼恩的办公室，没人接听；即使改革英雄一个星期也只工作五天。我又试了市政厅，猜想曼区是否去了办公室；那里起码有人接了电话，虽然叫李昂·曼区的现在并不在那儿。

电话簿上记载艾柏纳·普杰尼恩住在中央公园西四四四号。我拨他的号码拨到一半，突然觉得没有意义。他根本不知道我是谁，他不会愿意在电话里跟一个完全陌生的人合作。我挂上电话，收回我的一角钱，开始找克劳德·罗比尔。曼哈顿只有一个罗比尔，一个住在西缘大道的罗比尔。我试了那个号码，一个女人接了电话，我便说要找克劳德。当他来听电话，我问他是否曾经跟一个叫道格拉斯·佛尔曼的人接触过。

"我对这个名字没印象。他是什么背景？"

"他是布罗菲尔认识的人。"

"警察吗？我不认为我听过这个名字。"

"也许你的老板听过，我正要告诉他，但是他不认识我。"

"哦，我很高兴你没打给他而打给我。我可以打电话给普杰尼恩先生，并且帮你问他，然后我再回话给你。你还要我问什么其他的事情吗？"

"问他李昂·曼区这个名字是否让他想起任何事情，我是说，跟布罗菲尔有关的。"

"当然。我会马上给你回话，斯卡德先生。"

不到五分钟他就回了电话。"我刚跟普杰尼恩先生谈过，你提的名字他都没听过。嗯，斯卡德先生？如果我是你的话，我会避免直接面对普杰尼恩先生。"

"呃？"

"他对我与你合作的事不是很高兴，他没有直说，但是我想你了解我的立场。套用他的说法，他希望他的下属遵循'温和忽视'政策。你一定不会将我说的这些话说出去吧？"

"当然。"

"你还是确信布罗菲尔是无辜的吗？"

"比以前更相信。"

"而这个叫佛尔曼的掌握了关键？"

"可能。事情逐渐整合起来了。"

"听起来很不错，"他说，"嗯，我不打扰你了，如果有什么我能帮忙的，就打个电话给我，不过一定要保密，好吗？"

过了一会儿我打电话给黛安娜，我们约了八点半在第九大道的法国餐厅"布列塔尼之夜"碰面。那是个安静而享有隐私的地方，在那儿，我们有机会成为安静而享有隐私的人。

"八点半见了。"她说。"你有任何进展了吗？哦，你可以见面时再告诉我。"

"没错。"

"我想太多了，马修，我怀疑你是否知道那是什么样子。有太多的时间我不思考，几乎希望自己不去思考，但是思绪仿佛绑住了我似的。我不该说这些，我只会吓坏你。"

"你不必担心。"

"这就是奇怪的地方。我并不担心，你不觉得那很奇怪吗？"

∞

我回旅馆的路上，顺道去了佛尔曼的公寓。管理员没应门，我猜她去忙她提过的那些问题去了。我自己进去，上了楼梯；他不在家，而且显然一直不在——我看见我在门底下留给他的字条。

我希望我有他的电话号码——假如他有电话的话。我去他家的时候没有看见，不过他的桌子很乱，可能有一部电话被盖在那堆纸张下面。

"我想见你，明天的某个时候。"

"做什么？"

"我见到你就会告诉你。"

"我不明白。你说你叫什么名字？"

我告诉他。

"嗯，我不懂，斯卡德先生。我不知道你想从我这里得到什么。"

"我明天下午会去你那里。"

"我不——"

"明天下午，"我说，"大概三点，对你来说这会是个好主意。"

他开始说话，但是我没有在线停留太久听他说。时间已经过了八点，我走出去，迈向第九大道的那家餐厅。

13

　　我们坐在包厢座里。她穿了一件简单的黑色合身洋装，没有佩戴首饰，她的香水是带辛香料基调的花香。我为她点了一杯苦艾酒加冰块，帮自己点了一杯波本。喝第一巡的时候，我们一直谈些轻松而无关紧要的话，我们点第二杯酒时，同时也向女侍点了菜——她要了小羊胰，我则要了牛排。酒来了之后，我们再度碰杯，然后我们的目光交会，使我们陷入略带窘况的沉默。

　　她先打破了寂静。她伸过一只手来，我握住它，她垂下眼说："我对这类状况不是很在行，疏于练习，我想。"

　　"我也是。"

　　"你有好几年的时间习惯做个单身汉，我曾经有过一段小小的婚外情，但是那并没有什么，他也是结了婚的人。"

　　"你不必谈这个。"

　　"哦，我知道。他已婚，那是种一时的、纯粹肉体的关系，老实说，甚至不是那么美好的肉体关系；而且并没有持续很久。"
她犹豫了一下。她可能在等我说些什么，但是我却保持沉默。然
后她说："你可能希望这是，呃，一时的，没有关系，马修。"

"我不认为我们能将彼此视为一时的过客。"

"不，我想我们不能。我希望——我不知道我希望什么。"她
举起杯子，啜了一口。"我今晚也许会想喝到有点醉，这是个很
糟的念头吗？"

"这可能是个好主意。要不要来配点葡萄酒？"

"好啊。我猜那是个不好的信号——得让自己喝到有点醉。"

"嗯，我是最没有资格告诉你那是个坏主意的人。我这辈子
每天都喝到有点醉。"

"那是我该担心的事吗？"

"我不知道，不过这的确是你该知道的事情，黛安娜。你应
该知道你正跟什么样的人在一起。"

"你是个酒鬼吗？"

"嗯，什么是酒鬼？我猜我喝下的酒让我够格称得上是个酒
鬼。目前为止，酒并没有让我废掉，但我想它终究会的。"

"你可以停止不喝吗？或者减量？"

"也许。如果我有理由的话。"

女侍送来我们的开胃菜，我点了一瓶红酒。黛安娜用一把小

叉子叉起一个淡菜，送到嘴边的途中却突然停了下来。

"也许我们还不该谈这个。"

"也许。"

"我想我们对大多数的事有相同的感觉，我想我们要的东西一样，害怕的东西也相同。"

"或者，起码非常接近。"

"对。也许你不是什么君子，马修。我想这是你一直试着告诉我的。我自己也不是什么淑女。我不喝酒，但是我说不定也可以喝。我刚发现了一个从人类竞争中退出的方法，我放弃做我自己，我觉得——"

"什么？"

"我觉得好像得到了第二个机会，我好像一直都有这个机会，但是你只有在你知道拥有时，才会拥有它。而我不知道你是不是这个机会的一部分，还是说你的出现只是为了让我意识到它。"她将叉子放回盘里，淡菜依然在叉子上。"哦，我非常非常的困惑，所有的杂志都告诉我，我正处于有自我认知危机的年龄。这就是原因吗？我坠入情网了吗？你怎么分辨其中的不同？你有烟吗？"

"我去买。你抽什么牌子的？"

"我不抽烟，哦，什么牌子都可以，就云斯顿吧，我想。"

我从贩卖机里买了一包烟。我打开，拿了一支给她，一支给自己。我划着一根火柴，当我为她点烟的时候，她的手指紧握住我的手腕，指尖非常冰冷。

她说："我有三个年幼的小孩，一个身陷囹圄的丈夫。"

"而你正开始喝酒抽烟，你现在一团乱，那没什么。"

"你真是个很窝心的人。我之前跟你说过吗？那是真的。"

∞

我确定用餐时是她喝掉了大部分的酒，餐后她还点了一杯意式浓缩咖啡和一小杯白兰地。我照样喝咖啡和波本。我们聊了很多，也分享了许多长长的沉默；那些沉默就像我们的对话一样表达了一切。

当我付完账的时候已经接近午夜了。店里的人急着打烊，但是为我们服务的女侍却很有礼貌地没有来打搅我们。我用小费感谢她的宽容，数目也许过多，但是我不在乎，我爱死这个世界了。

我们走出去站在第九大道上喝冷风，她发现一轮皓月，与我共赏。"快要满月了，真美，不是吗？"

"是啊。"

"有时候我觉得我几乎可以感觉月亮的引力，真傻，是不是?"

"我不知道。海洋就能感觉,所以才会有潮汐。而且,没有
人能否认月亮对人类行为的影响,所有的警察都知道这一点,犯
罪率总是跟着月亮的盈缺改变。"

"实话?"

"嗯,特别是怪异的犯罪,满月会让人做奇怪的事。"

"像是什么?"

"像是在大庭广众之下接吻。"

过了一会儿,她说:"嗯,我不知道那算奇怪,事实上,我
觉得那很棒。"

∞

在阿姆斯特朗,我为我们各点了一杯咖啡和波本。"我喜欢
我即将得到的感觉,马修,但是我不想睡觉;我喜欢前几天我尝
它时的滋味。"

当崔娜送饮料来的时候,她交给我一张小纸条。"他大概一
个小时前来过,"她说,"在他来之前,他打过几次电话,他急着
要你跟他联络。"

我打开纸条,上面写着道格拉斯·佛尔曼的名字和电话
号码。

我说："谢谢，没什么事不能等到明天早上的。"

"他说事情很急。"

"嗯，那是他的看法。"黛安娜和我把我们的波本倒进我们的咖啡里，然后她问我有什么事。"那个人曾经跟你丈夫走得很近，"我说，"他和被谋杀的女孩也走得很近。我想我知道为什么，但是我想亲自跟他谈谈这件事。"

"你要打电话给他，或者去找他一下吗？别为了我而忽略了他。"

"他可以等。"

"如果你认为那很重要——"

"不，他可以等到明天。"

显然佛尔曼不这么认为。不一会儿电话铃响了，崔娜接了电话，向我们这桌走过来。"又是他，"她说，"你要跟他讲话吗？"

我摇摇头。"告诉他我来过，"我说，"就说我拿到了他的留言，而且说了早上会打电话给他，然后我喝了一杯就离开了。"

"收到。"

十或二十分钟后我们真的离开了。我住的旅馆柜台正由艾斯本值午夜到早上八点的班，他给了我三条留言，全都来自佛尔曼。

"不接电话，"我告诉他。"不管是谁，说我不在。"

"好的。"

"如果电话铃响，我会以为是大楼失火，因为除此之外我不接任何电话。"

"我懂了。"

我们乘电梯上楼，沿着走道来到我的门前，我打开门后，站在一旁让她进去。有她在我身边，这个小房间看起来比以前更僵化无趣。

"我想过其他我们能去的地方，"我告诉她，"一个比较好的旅馆或是朋友的公寓，但是我决定让你看看我住的地方。"

"我很高兴，马修。"

"这里还可以吗?"

"当然可以。"

我们亲吻着，彼此拥抱了很长一段时间。我闻到她的香水味，而且尝到了她嘴唇的甜美。过了一段时间我放开她。她缓慢而慎重地绕着我的房间，检视每一样东西，并感觉这个地方。然后她转向我，给我一个非常温柔的微笑，我们便开始宽衣。

14

整个晚上我们两人之中，只要有一个醒来，就会吵醒另一个。我最后一次起来的时候，发现我是独自一个人。惨淡的阳光被浑浊的空气过滤之后，使房间呈现了金色调。我下床从床头柜上拿起我的表，时间已经接近中午了。

当我发现她的纸条时，我几乎已经穿好了衣服。纸条夹在梳妆台的镜子与镜框之间，她的字很整齐也相当小。我读着：

亲爱的——

孩子们是怎么说的？昨晚是我往后要过的人生的第一夜。我有很多话要说，但是我的状况却让我无法适切地表达我的思维。

请你打电话给我；打电话给我，拜托。

你的女人

我从头到尾读了两遍，然后将它小心地折好，塞进钱包里。

信箱里只有一张留言。佛尔曼在一点半左右打了最后一次电话来，之后他显然放弃睡觉去了。我在大堂里打电话给他，但是对方正在忙线中。我出去吃了点早餐，从我的窗户望去看起来被污染的空气，在街上尝起来却相当干净。也许是我的心情使然，我已经很久没有感觉这么好了。

在我喝完第二杯咖啡之后，再一次从桌旁站起来，又打了个电话给佛尔曼，他还在讲话中。我回座位叫了第三杯咖啡，抽了一支昨晚我为黛安娜买的香烟。昨天晚上她抽了三四根，每次她抽，我也跟着抽一支。我抽了半支，将剩下的烟留在桌上，第三次试着打电话给佛尔曼，然后付了账，走到阿姆斯特朗去看看他是否在或者去过那里，结果两者皆非。

有些事情在我的意识边缘徘徊，嘀嘀咕咕地向我低诉。我用阿姆斯特朗的公共电话再打电话给他，还是一样的忙线声，但是我听起来却觉得与平常的忙线声不同。我打给电信局的接线生，告诉她我想知道是否有某个号码正在与他通话，还是电话没挂好。我碰上的这个女孩显然不太会讲英文，所以不确定如何执行我要她做的事。她说要将电话转给她的上司，但是我距离佛尔曼的住处不过六个街口，于是我告诉她不必麻烦了。

我向他的住处出发的时候，我相当平静，但是到了那里的时候我却变得非常忧心。或许我收到了某种讯号，并随着距离缩短而增强。为了某些理由我没有按大堂的电铃，我向里看，没看见任何人，然后我便用我的提款卡把门锁滑开。

我爬楼梯上到顶楼，途中并没有碰到任何人，整栋大楼安静极了。我到了佛尔曼寓所的门口，敲敲门，喊他的名字，再敲敲门。

没有反应。

我拿出我的卡片，看看它，又看看门，我想到防盗警铃。如果警铃响，我得在警铃大作之前打开门，我才能离开那里。要是警铃不响，除非从门后面打开门锁；精密的破解当然最好，但是有时蛮力也能达到同样效果。

我向内踢门，我只踢了一脚门就开了，因为防盗锁并未被启动。你需要有钥匙才能设定防盗锁，就像你需要有钥匙才能设定警铃，而最后一个离开佛尔曼公寓的人要不是没有钥匙，就是懒得设定，所以警铃并没有响，这是件好事，但也是我即将得到的消息当中，唯一的好事。

坏消息正在里面等着我，但是在警铃没有反应的那一刻，我还不知道那是什么坏消息。在我来到这栋大楼之前我就有种感觉，不过那是直觉，当警铃依然保持沉静时，这种感觉变成了侦探的推论，而现在，我看到了他，这就变成冰冷、严酷的事实。

他死了。他躺在书桌前的地板上，看来杀手取他性命的时候，他曾经被按压在书桌上。我不必碰他就知道他已经死了，他左后方的头盖骨被打得稀烂，而房间里则充满了死亡的腐臭味。死人的结肠与膀胱将其内容物排出在外。在交由殡葬业者整理之前，尸体闻起来就跟攫取住他们的死亡一样腥臭难闻。

为了猜测他死了多久，我终究还是碰了他。但是他的肉体是冷的，所以我只知道他起码死了五六个小时。我向来懒得去吸收太多法医学的知识，搜证小组里的男孩们会打理这些事，而且理论上他们应该很在行，即使不及他们装出来的一半。

我走过去将门关上，锁已经坏了，地上有个门链的金属片，我找到不锈钢棒，并将它装回去。我不打算停留太久，但是希望我在那里的时候不会被打扰。

电话听筒被拿了下来。房子里没有挣扎的迹象，所以我猜杀手故意拿开电话听筒延迟尸体被发现的时间。如果杀手这么聪明，那么屋里就不会留下指纹，不过我还是小心地不要加上我自己的，或者涂掉凶手不慎留下的。

他什么时候被杀的？床还没铺过，但是也许他每天都不铺床，独居的男人通常都不铺的。我来找他的时候他铺了床吗？我想了想，但是我发现我无法确定他有或没有。我记得有个干净整齐的印象，因此床可能是铺好的，但是我同时也对这个房间有个舒适的印象，这又足够支持一张没铺好的床。我愈想愈觉得铺没铺都没什么差别，法医会鉴定出死亡时间，我也不急着想知道我可能从他身上得到的信息。

于是我坐在床边看着道格拉斯·佛尔曼，同时试着回想他明确的声音和他的模样。

他曾经试图与我联络，一次又一次，而我不愿接他的电话，因为我有一点气恼他对我隐瞒，因为我当时正跟一个女人在一起，而她用尽了我所有的注意力。对我来说，那是种宛如小说一般的经验，而我连一刻也不愿让它的浓度降低。

如果我接了他的电话呢？嗯，他也许会告诉我一些他此刻再也无法告诉我的事，但是他找我却更像是他只想确认，对于他和波提雅·卡尔的关系，我猜到了些什么。

如果我接了他的电话，他现在会活着吗？

我可以浪费一整天的时间坐在他的床上，问我自己这样的问题；而无论答案是什么，我已经浪费了够多的时间。

我松开门链，将门打开一条缝。走廊是空的，我出了佛尔曼的房间走下楼，并且走出那栋大楼，一路没有碰到半个人。

中城北区分局——就是过去的第十八分局——就在距离我的所在之处几个街口的西五十四街上。我从一个叫做"第二次机会"的酒吧里打电话给警方；店里只有两个喝葡萄酒的客人，而后面的酒保看来也是个同道中人。电话被接起之后，我给了他们佛尔曼的地址，然后告诉他们有个男人在那里被杀了，当值勤警员很有耐性地问我的名字的时候，我便挂上了听筒。

∞

我赶忙跳上出租车。地铁比较快，所以我搭出租车到刚过了布鲁克林桥的克拉克街地铁站，我必须询问地铁的方向，才知道怎么去皮尔朋街。

这个街区的房子大部分使用褐石。李昂·曼区住的大楼高十四层，跟附近的建筑比起来非常巨大。管理员是个结实强壮的黑人，三道深深的横线划过他的前额。

"李昂·曼区。"我说。

他摇摇头。我拿出我的笔记本，对了一下他的地址，然后看了看管理员。

"你的地址是对的，"他说。他带着西印度群岛的口音，从他发的"a"音就很明显地可以听出来。"问题是，你挑错了日子。"

"他在等我。"

"曼区先生已经不在这里了。"

"他搬家了？"似乎不可能。

"他不想等电梯，"他说，"所以他选择了一种快捷方式。"

"你在说什么？"

这个玩笑，我后来发现，并不失礼，他只是企图说些难以表达的事情。现在，他放弃了这个办法，直接说："他跳窗了，就掉在那儿。"他指着看起来与其他部分没什么两样的一块人行道。"他落在那儿。"他重复了一次。

"什么时候？"

"昨晚。"他摸着额头，然后做了一个类似屈膝膜拜的姿势。我不知道那是一种个人的宗教仪式，还是我不熟悉的某个宗教的一部分。"那时候是阿尔曼值班，如果我上班的时候有个人跳楼，我还真不知道该怎么办。"

"他死了吗？"

他看着我。"你说呢？先生。曼区先生住在十四楼，你说呢？"

最近的一个，并受理这件案子的分局，位于靠近区政厅的杰罗门街上。我很幸运，认得那里一个姓金瑟拉的警察，几年前我曾经与他共事过；而我更幸运的是，他显然没听说我在为杰瑞·布罗菲尔做事，所以他没有理由不与我合作。

"昨晚发生的事，"他说，"事发的时候我不在，但事情看起来相当简单明了，马修。"他弄齐几份文件，放在桌上。"曼区一个人住，我猜他是个同性恋。住在那区的单身男人，你可以自己下结论，十之八九是同性恋。"

而另外十之一二可能是厕奴。

"现在我们来瞧瞧。从窗户跳出来，头先着地，抵达阿德菲医院前死亡；根据口袋中的东西和衣服标签，以及打开的窗户判别身份。"

"没有亲人指认吗？"

"就我所知没有，这里没有注明。你对死者身份有疑问吗？如果你要去看，那是你的事，但是他是头先落地的，所以——"

"我从没见过他。他跳楼的时候是一个人吗？"金瑟拉点点头。"有目击者吗？"

"没有。但是他留了一张纸条，在他书桌的打字机上。"

"纸条是打字的？"

"报告上没写。"

"我想，我能不能看看那张纸条？"

"不行，马修。我自己也没办法弄到，如果你要跟负责的警官谈，去找卢·马可，他今晚会来值勤，也许他可以帮上忙。"

"我想不要紧。"

"等一下，遗书内容抄在这，你看看有没有帮助？"

我读着：

　　原谅我，我不能再这样下去，我度过了糟糕的一生。

完全没提到谋杀的事。

可能是他干的吗？那得看佛尔曼什么时候被杀，而在验尸结果出来之前，我不会知道答案。也许曼区杀了佛尔曼，回到家，突然受到良心的谴责，于是打开窗户——

我并不是很喜欢。

我说："他什么时候跳楼的，吉姆？我没看见上面写了时间。"

他把记录再扫了一遍，皱起眉头。"这上面应该要有时间的，但是我找不到。他在昨晚十一点三十五分抵达阿德菲医院前就死亡了，不过上面没说他什么时间跳楼的。"

然而这会儿又不是那么需要写明跳楼的时间了。道格拉斯·佛尔曼最后一次打电话给我是在一点半，是在医生宣布李昂·曼区死亡的一小时又五十五分之后。

我愈这么想，就愈相信是如此；所有的事情开始对号入座，而曼区既不是杀佛尔曼也不是杀波提雅·卡尔的凶手。也许曼区是杀了曼区的凶手，也许他因为找不到笔，所以用打字机打了自杀的纸条，也许他的懊恼来自于对厕奴生活的憎恶。我度过了糟糕的一生——唉，谁他妈的不是？

现在，他是否自杀已经变得不重要了。或许他的死是有人助了一臂之力，但那我无从得知，也不必去想该如何去证明了。

我知道是谁杀了另外那两个人——波提雅和道格拉斯。我知道是谁，就像我去道格拉斯·佛尔曼的公寓之前就知道他可能死了一样。我们称这种知觉为直觉的产物，因为我们无法精确描绘思维的运作。当我们的意识朝向其他地方的时候，思维仍继续进行计算和推演。

　　我知道凶手的名字，关于他的动机我有些强而有力的想法。在一切都结束之前，还有一些需要填补的地方，不过最困难的部分已经过去。一旦你知道你在找什么，其他的就容易多了。

15

在我搭出租车到西七十几街，并将我的名字报给一个大楼门房之前，时间又过了三四个小时。这辆出租车并不是我从布鲁克林回来以后搭的第一辆。我得去见好几个人。我有过多次喝酒的机会，但是我都没接受。我喝了点咖啡，其中有几杯是我曾经喝过最好的。

门房叫我，带我到电梯口。我搭电梯到六楼，找到号码相应的门后，敲了几下，一个个子小小，鸟儿似的灰蓝头发女人来开了门。我介绍了自己，她向我伸出手。"我儿子正在看橄榄球赛，"她说，"你喜欢橄榄球吗？我可是一点兴趣也没有。你随便坐，我去告诉克劳德你来了。"

不过，没有必要告诉他了，他就站在靠近客厅的走道上。他在白衬衫外面穿了一件棕色开襟背心，脚上穿着室内拖鞋，肥短的拇指勾在腰带上。他说："午安，斯卡德先生。这边请。妈，斯卡德先生和我在书房。"

我跟着他进了一个小房间，房间里有几张铺满软垫的椅子，排放在彩色电视机的四周。大大的电视屏幕上，一个东方女孩正拜倒在一瓶男性古龙水前面。

"有线电视，"罗比尔说，"可以让收视绝对完美，而每个月只要花一点点钱。在我们签下租约之前，从来没有真正对收视状况满意过。"

"你在这里住很久了？"

"大半辈子。嗯，也不完全是。我大概一岁半或两岁时搬来这里，当然那时我父亲还活着，这本来是他的房间，他的书房。"

我环顾四周，墙上印着英国式狩猎图案，挂着烟斗架和一些镶了框的照片。我走过去关上门，罗比尔注意到了，但是没有表示意见。

我说："我跟你的雇主谈过了。"

"普杰尼恩先生？"

"对。他很高兴听到杰瑞·布罗菲尔即将获释，他说他不确定自己能从布罗菲尔的证词中得到多少好处，但是他很高兴这个人不会因为他没有犯下的罪行而被定罪。"

"普杰尼恩先生是个好心肠的人。"

"是吗？"我耸耸肩。"我自己倒不这么觉得，但是我确定你比我了解他。我感觉，他之所以乐见布罗菲尔洗刷冤情，是因为这让他的组织看起来比较有面子，所以他一直希望布罗菲尔能洗刷罪嫌。"我仔细观察他。"他说，如果他早一点知道我在帮布罗菲尔，他会很高兴。"

"是这样。"

"嗯，他是这么说的。"

罗比尔向电视机移近了一些。他将一只手放在电视机上面，然后垂眼看着他的手背。"我刚才在喝热巧克力，"他说，"星期天是我休养生息的日子。我穿着舒适的旧衣服坐着，一边看电视上的体育节目，一边喝热巧克力。我猜你大概不会想来一杯吧？"

"不，谢了。"

"喝杯什么强劲一点的？"

"不。"

他转过身来看着我，小嘴两边的法令纹现在似乎更深刻了。"当然我不能一有什么小事发生就去烦普杰尼恩先生，我的作用之一就是帮他挡掉琐事。他的时间很宝贵，有太多太多的事情要来瓜分他的时间。"

"于是你昨天就没有费事打电话给他。你告诉我你跟他谈过，但是你没有。你还警告我要通过你问话，免得激怒普杰尼恩。"

"我只是在做我的工作，斯卡德先生。我有可能判断错误，没有人是十全十美的，我也没说过我是。"

我倾身关掉电视。"电视让人分心，"我解释，"我们两个都应该专注于这件事。你就是凶手，克劳德，我恐怕你逃不了了。你为什么不坐下来？"

"这是个荒谬的指控。"

"请坐。"

"我站着很舒服。你刚做了一个完全无稽的控诉，我完全不懂。"

我说："我想我一开始就应该想到你，但是其中有个问题：无论是谁杀了波提雅·卡尔，他都该与布罗菲尔有某些关联，她在他的公寓被杀，所以她应该是被一个知道他住在哪里，而先用调虎离山计将他引到湾脊的人杀害的。"

"你假设布罗菲尔是清白的，但我依然找不出任何理由可以肯定这一点。"

"哦，我有一打的理由认定他是无辜的。"

"即便如此，难道那个叫卡尔的女人不知道布罗菲尔的公寓吗？"

我点点头。"事实上，她知道。不过她不可能带凶手去那里，因为她在去那里的路上已经失去意识。她是在头部被重击之后被刺死的；她肯定是在别的地方先被敲晕才合乎逻辑，否则凶手会一直打到她断气为止才是，他不会停下来去拿刀子。你的做法是，克劳德，先在某处敲昏她之后，再把她带到布罗菲尔的公寓，而去他的公寓之前，你已经处理掉你用来击昏她的东西，所以你用刀子完成你的工作。"

"我想我要喝杯热巧克力，你确定不要来一点？"

"确定。我不愿相信是某个警察为了陷害布罗菲尔，而杀害了波提雅·卡尔，虽然所有的事情都指着那个方向，但是我不喜欢那种感觉。我比较喜欢这个想法：陷害布罗菲尔只是个方便脱罪的方法，其实凶手的目的是要除掉波提雅。不过，他是怎么知道布罗菲尔的公寓和电话号码的呢？我只要找到跟这两个人有关联的人就行了。然后我找到了，但是却没有明显的动机。"

"你指的一定是我，"他冷静地说，"因为我确实没有动机。我并不认识卡尔这个人，对布罗菲尔也不熟悉，所以你的推论站不住脚，不是吗？"

"不是你，是道格拉斯·佛尔曼。他准备为布罗菲尔代笔写书，这就是为什么布罗菲尔会成为密告者的原因——他想成为重要人物，然后写一本畅销书。他从波提雅·卡尔那里得到这个灵感，因为她更想写一本《快乐的妓女》之类的书。佛尔曼因此有了两头玩的念头，于是与卡尔接触，看看他是否也能替她写书。这事将他们俩穿在一起——一定是这样——但是，那不是杀人动机。"

"那你为什么选上我？因为你不认识其他人？"

我摇头。"在我真的知道为什么之前，我就知道是你杀的。我昨天下午还问你是否知道任何有关道格拉斯·佛尔曼的事，你却对他熟悉得足以在昨晚去他家把他干掉。"

"太了不起了，这下我成了杀掉一个我从没听说过的人的凶手了。"

"否认是没用的，克劳德。佛尔曼对你而言是个威胁，因为他曾经与他们俩谈过，就是卡尔和布罗菲尔。他昨晚曾试着与我联络，如果我有时间见他，也许你就不能杀他了。不过你也许还是会，因为他不晓得自己知道什么；你就是波提雅·卡尔的客户之一。"

"这是个污秽的谎言。"

"也许很污秽，我不知道。我不知道你跟她做什么，或者她跟你做什么，我可以做些专业的猜测。"

"他妈的，你是个禽兽。"他没有提高声音，但是声音里带着极端的憎恶。"我真感谢你没有在我母亲在场的时候说这些话。"

我看着他，一开始他很有自信地看着我的眼睛，后来他的脸却像要溶化似的，而所有的坚定也都从脸上跑掉了。他的肩膀下垂，看起来一下子变老又变小了，就像个中年模样的小男孩。

"纳克斯·哈德斯提知道，"我继续说，"所以你杀了波提雅·卡尔也没用。我大概猜得出事情始末，克劳德。当布罗菲尔在普杰尼恩办公室现身后，你知道的可不光是警察贪污这些事；通过布罗菲尔，你知道波提雅·卡尔是纳克斯·哈德斯提的囊中物，波提雅·卡尔为了避免被驱逐出境，会将她的顾客名单交给哈德斯提。你也在她的名单上，你知道她迟早会把你交给他。

"于是你让波提雅告布罗菲尔，指控他勒索，你要给他一个杀她的动机，而这很容易搞定。你打电话给她时，她以为你是个警察，所以要让她跟着你走很容易。无论如何，你让她很害怕，妓女都很容易害怕。

"这时候你很漂亮地陷害了布罗菲尔，你甚至不需要特别花心思在谋杀上面，因为警方会非常急着将案子与布罗菲尔连在一起。你在把波提雅骗到格林威治村的同时，将布罗菲尔引到布鲁克林去；然后你击昏她，并且把她拖到他的公寓，杀了她。你离开那里，把凶器丢在一个水沟里，洗了手，回家找妈妈。"

"别把我妈扯进来。"

"我提到你母亲让你很困扰，是吧？"

"对，没错。"他将双手握在一起，就像要控制它们。"那让我非常困扰，这就是你要提的原因，我猜。"

"不完全是，克劳德。"我吸了一口气。"你不该杀她的，一点意义也没有。哈德斯提已经知道你的事，如果他一开始就公开你的名字，就可以省掉很多时间，而佛尔曼和曼区可能还活着，但是——"

"曼区？"

"李昂·曼区。看起来像是他杀了佛尔曼，不过时间不对；接着我又猜到可能是你布置的，但如果真是你设计的话，会做得更好；你会按照正确的顺序把他们杀了，不是吗？先杀佛尔曼再杀曼区，而不是反过来。"

"我不知道你在说什么。"

这一刻他显然不知道，因为他的语气明显的不同。"李昂·曼区是波提雅客户名单上的另一个名字，他也是纳克斯·哈德斯提进入市长办公室的渠道。我昨天下午打了电话，并且约好去见他，我猜他无法面对这事；他昨晚从窗户跳楼了。"

"他真的自杀了。"

"看起来是这样。"

"有可能是他杀了波提雅·卡尔。"他不是争辩而是思考过了。

我点头。"他是有可能杀了她，没错，但是他不可能杀了佛尔曼，因为佛尔曼在曼区被宣告死亡之后，还打了好几通电话。你知道这意味着什么吗？克劳德。"

"什么?"

"你不要碰那个小作家就没事了。你不可能知道,但是其实你只要放过他就没事了。曼区留了一张纸条,他没有说明要自杀,但是也可以解读成他要自杀,起码我一定会这样解读,然后尽所有可能把卡尔的谋杀案钉在曼区的尸体上。如果我搞定了,布罗菲尔就没罪,如果不是,他就得接受审判,无论是哪一样,你都会很自由地待在家,因为我会判定曼区是凶手,而警察已经认定了布罗菲尔,这世界上就没有人会来找你了。"

很长一段时间,他不发一语。然后他眯起眼睛说:"你想套我话。"

"你已经被套出来了。"

"她是个魔鬼,是个猥亵的女人。"

"而你是上帝的复仇天使。"

"不,不是这样,你想陷害我,那是没有用的,你无法证明任何事情。"

"我不必。"

"哦?"

"我要你跟我去警察局,克劳德。我要你去自首,说你杀了波提雅·卡尔和道格拉斯·佛尔曼。"

"你一定是疯了。"

"没有。"

"那你一定是认为我疯了，我干吗要做这样的事情？就算我真的杀了人——"

"省省力气吧，克劳德。"

"我不懂。"

我看看我的表，时间还早，而且我觉得自己好像几个月没睡了。

"你说我无法证明什么，"我告诉他，"我告诉你，你说得没错。但是警察可以证明，不是现在，而是在他们花些时间挖掘之后。纳克斯·哈德斯提可以证实你是波提雅·卡尔的客户之一，当我告诉他事关谋杀案，他就给了我这条讯息，而他很难让这份名单不上法庭。同时你最好相信有人在格林威治村看见你和波提雅，并且在你杀佛尔曼的时候，在第九大道看到你。事件总是会有目击者，而当警方和检方同时出击的时候，目击者就会出现。"

"那就让他们出现，如果他们存在的话。我为什么要去自首让他们捡现成的？"

"因为你可以让你自己好过，克劳德，好过很多。"

"这没道理。"

"如果警方去挖，他们会发现一切的，克劳德，他们会发现为什么你去找波提雅·卡尔。现在还没有人知道；哈德斯提不知道，我不知道，没人知道。但是如果他们去挖，他们就会发现，然后报纸上就会有些影射，人们就会怀疑一些事情，也许他们怀疑的情况会比事实上更糟——"

"别说了。"

"每个人都会知道为什么，克劳德。"我将头倾向关上的房门。"每一个人。"我说。

"去你的。"

"你也可以瞒着她这件事，克劳德。当然，自首还可以让你获判较轻的刑责。理论上一级谋杀应该是不能减刑的，但你知道法庭游戏是怎么玩的，至少对你不会有坏处。不过我想那不是你最关心的因素，对吗？我想你希望自己免于陷入某些丑闻，我说得没错吧？"

他张了嘴，但是什么话也没说又合上。

"你可以让你的动机成为秘密，克劳德，你可以编故事，或者拒绝解释，没有人会压迫你，只要你承认杀了人。你身边的人可能知道你犯了杀人罪，但是他们不必知道你生活中其余的事情。"

他将他那杯巧克力举到嘴边，啜了一口，又放回小碟子上。

"克劳德——"

"你可以让我想一想吗？"

"好。"

我不知道我们就这样过了多久，我站着，他坐在沉默的电视机前。大概过了五分钟，他叹了一口气，在曳步之中脱掉他的拖鞋，走过去换了双皮鞋。他绑好鞋带站起来，我走到门边开了门，然后闪身站在一旁让他先进客厅。

他说："妈，我出去一下，斯卡德先生要我帮忙，有些重要的事情。"

"哦，可是你的晚餐，克劳德，几乎准备好了。或许你的朋友愿意跟我们一起用？"

我说："我恐怕不行，罗比尔太太。"

"没有时间了，妈。"克劳德同意我的说法。"我得在外面吃。"

"好吧，如果非得这样的话。"

他正了正肩膀，走到玄关的衣架边去拿外套。"这个时候你得穿上你的大衣，"她告诉他。"外面变冷了。外面很冷的，是不是？斯卡德先生。"

"是的，"我说，"外面非常冷。"

16

　　我的第二趟"墓穴"之旅跟第一次非常不同。去的时间都差不多，大概都是早上的十一点，但是这一次我睡了很好、很足的一觉，前一晚也只喝了很少的酒。第一次是我去牢房里看他，现在我在柜台处见他和他的律师。他将所有的紧张和沮丧都留在牢房里，看起来像个打了胜仗的英雄。

　　我走进去的时候，他和塞尔顿·沃克已经在那里了；布罗菲尔满面春风地看着我。"我兄弟来了。"他大叫着。"马修，亲爱的，你是最棒的，绝对是最棒的。如果我这辈子做了一件什么聪明事，那就是我找上你。"他用力握我的手，对着我笑。"我有没有告诉你我要离开这个屎坑了？你就是那个让我出狱的人吧？"他有什么阴谋似的斜着头，声音低得接近耳语。"而我是个知道怎么答谢的人，你知道我是说真的，你很快就会拿到奖金了，兄弟。"

"你付给我的已经够了。"

"够了才怪！一条命值多少钱？"

我过去经常问自己同样的问题，不过却是用不同的方式，我说："我等于一天赚五百美元，可以了，布罗菲尔。"

"叫我杰瑞。"

"当然。"

"不过我还是要说，你会有奖金。你见过我的律师塞尔顿·沃克？"

"我们电话里谈过。"我说。沃克和我握了手，彼此礼貌地寒暄。

"好吧，时间差不多了，"布罗菲尔说，"我猜要来的记者已经等在外面了，你们说呢？如果他们有人错过了，下一次他们就知道要准时。黛安娜和车子一起在外面吗？"

"她在你指定的地方等着。"律师告诉他。

"太好了。你见过我太太了吧，马修？你当然见过，我给了你一张纸条，让你带去给她。你找个女伴，我们四个人这几天找个时间吃晚餐，我们应该对彼此有更进一步的认识，我们大家。"

"我们一定得这么做。"我同意。

"嗯。"他说。他撕开一个牛皮纸袋，将里面的东西倒在桌子上。他将皮夹放进口袋，把手表戴在手腕上，汲起一把铜板装进衣袋，然后将领带围在颈子上，再塞进衬衫领子下面，仔细地打好它。"我告诉过你吗？马修？我以为我得打两次，不过我想这个结打得还可以，你说呢？"

"看起来不错。"

他点头。"是啊，"他说，"我觉得它看起来相当好。好吧，我告诉你，马修，我感觉很好。我看起来如何，塞尔顿？"

"很好。"

"我觉得像个百万富翁。"他说。

∞

对于记者他应付得很好。他回答他们的问题，在真诚和自大之间取得良好的平衡，在他们还有问题要问他的时候，他闪过一个无人能比的微笑，如胜利者般地挥挥手，推开那些记者，进了他的车子。黛安娜踩下油门，他们开到底转过街角，我站在那里，直到看不见他们为止。

她当然要来接他，她可能会轻松个一两天，然后让他知道现状。她曾经说她不觉得他会是很大的问题，她很确定他不爱她，因此她在他的生命中早已不再重要。不过我会给她几天时间，到时她就会打电话给我。

"哇，这真是太精彩了，"一个声音在我背后说，"我想也许我们应该朝这对快乐佳偶抛米粒之类的。"

我没有转身便说："哈啰，艾迪。"

"哈啰，马修。美丽的早晨，不是吗？"

"不算差。"

"我猜你感觉很不错。"

"不是太糟。"

"来支雪茄？"艾迪·柯勒队长没等我回答，便放了一支雪茄在他嘴里，并且点火。他用了三根火柴才点燃，因为风吹熄了前面两根。"我应该弄个打火机，"他说，"你仔细看过布罗菲尔之前用的那个打火机吗？看起来很贵的样子。"

"应该是吧。"

"我看像是金的。"

"也许，虽然纯金和镀金看起来几乎一样。"

"但是价钱不一样，对吧？"

"一般来说是不一样。"

他微笑，伸出一只手抓住我的上臂。"噢，你这龟儿子，"他说，"让我请你一杯，你这老龟儿子。"

"对我来说太早了，艾迪。也许喝杯咖啡吧。"

"更好。什么时候开始请你喝酒会嫌早了？"

"哦，我不知道，也许我以后会少喝一点，看看有什么不同。"

"是吗？"

"嗯。总之，我会试一阵子。"

他打量着我。"你听起来有一点像以前的你，你知道吗？我不记得上一次你听起来像这样是什么时候。"

"别扯太远了，艾迪。我只是少喝一杯酒而已。"

"不，还有别的，我无法指出是什么，但就是有些不同。"

我们去了一家在瑞德街的小店，点了咖啡和丹麦面包。他说："嗯，你让那杂种出狱了；我讨厌看见他被放出去，但是我不能关着他跟你作对。你把他弄出去了。"

"他一开始就不该被关在里面。"

"是啊。嗯，那是另外一回事，不是吗？"

"嗯。你应该很高兴事情是这样收场，他对艾柏纳·普杰尼恩不会有太大的用处，因为接下来这阵子，普杰尼恩会保持低调。他现在状况不太好，他的助理刚因为杀了两个人，并且嫁祸给艾柏纳的明星证人而被逮捕。你一直在抱怨他喜欢在报纸上看见自己的名字，我想这几个月他会试着不让自己的名字上报，你不认为吗？"

"有可能。"

"纳克斯·哈德斯提看起来也不太好。在社会大众的瞩目这方面，他不必太担心，但是他不太会保护自己的证人之类的话一定会传出去。他找到卡尔，而卡尔把曼区交给他，结果他们俩都死了，当你需要让人与你合作时，这可不是个好记录。"

"不过他可没有让警局困扰过，马修。"

"只是还没有，但是在普杰尼恩沉寂下来的时候，他可能会想进来插手。你知道是怎么回事，艾迪。当他们想上头条的时候，他们就拿警察开刀。"

"是啊，这倒是他妈的事实。"

"所以我做的这些对你来说也不算太坏，对吧？这个结果对警局并不差。"

"对，你干得不错，马修。"

"是啊。"

他拿起雪茄抽了一口，但已经熄掉了。他用一根火柴点燃它，看着火柴几乎要烧到手指头了，才把火柴摇熄，丢进烟灰缸。我咬了一口丹麦面包嚼着，然后喝了一口咖啡将它咽下。

我可以少喝点酒——当我想起佛尔曼，而我本来可以接他的电话，或者当我想起曼区和他的坠地而死。我的电话不可能置曼区于死地，哈德斯提一直在对他施压，多年来他一直背负很多的罪恶。但是我却没有帮他，如果我没有打电话给他——

除非你能让自己不这样想。你必须做的是提醒自己，你逮到了一个杀人凶手，并且让一个无辜的人远离监狱。你永远不会全盘胜利，当你输掉某一个时，你不该责备自己。

"马修?"我看着他。"前几天晚上我们谈过的事，在你常去的那个什么酒吧?"

"阿姆斯特朗。"

"对，阿姆斯特朗。我说了一些不必要说的话。"

"哦，谁他妈的在乎那些，艾迪。"

"没有让你不舒服?"

"当然没有。"

他停顿了一会儿。"嗯，有几个家伙知道我今天会过来，我知道你可能会在这里，于是他们就要我告诉你，他们并非对你有什么不悦，整体来说，从来没有。当时他们只是希望你不要跟布罗菲尔扯在一起，如果你懂我的意思。"

"我想我懂。"

"而他们希望你对警局不会有不好的感觉，就这样。"

"完全不会。"

"嗯，我也是这样想。不过我想我宁愿摊开来说，并且确定一下。"他将手伸到额边，拨他的头发。"你真的想少喝点酒吗?"

"可能会试试。干吗?"

"我不知道。也许你准备好再次加入人类竞争了?"

"我从没退出过，我有吗?"

"你知道我在说什么。"

我没说话。

"你证明了某些事情，你知道。你依然是个好警察，马修，那是你真正擅长的。"

"所以呢?"

"当你戴着警徽的时候，比较容易做个好警察。"

"有时候反而更难。如果过去这一周我有警徽的话，可能有人会叫我松手。"

"对，有人这样告诉你，你也不会听。不管你有没有警徽，你都不会听，我说得对吗?"

"也许，我不知道。"

"要有个好警局的最好方法就是把好警察留在那里，我他妈的真希望看到你回到警界。"

"我想我不会了，艾迪。"

"我不是在叫你做决定，我是说你可以考虑一下。接下来你可以好好想一阵子，不是吗? 当你一天的生活不是醉醺醺地度过，也许这个提议会变得有点道理。"

"有这个可能。"

"你会考虑吗?"

"我会想一想。"

"嗯。"他搅拌着他的咖啡。"最近跟孩子们联络吗?"

"他们很好。"

"嗯,那就好。"

"这个星期六我会带他们出去,童子军团有个亲子活动,吃橡皮鸡似的晚餐,然后去看篮网队的球赛。"

"我永远不会对篮网队有兴趣。"

"他们应该会是支不错的队伍。"

"对呀,别人也这样告诉我。嗯,即将见到孩子们是件很棒的事。"

"嗯。"

"也许你和安妮塔——"

"别说了,艾迪。"

"是啊,我说得太多了。"

"反正,她已经有别人了。"

"你不能期待她坐在那里等。"

"我没有,我也不在乎,我自己也有别人了。"

"哦,认真的吗?"

"我不知道。"

"我猜是,慢慢来,看事情会怎么发展吧。"

"就是这样。"

∞

那天是星期一。接下来的几天，我常常走很长的路散步，并且花很多时间待在教堂里。我会在晚上喝几杯酒，让自己容易入睡，但是就任何意义和目的而言，我都不是真的喝很多。我四处走，享受好天气，持续地注意我的电话留言，并且在早上看《纽约时报》，在晚上读《邮报》。经过一段时间之后，我开始怀疑为什么我没有接到我在等待的电话留言，但是我没有难过到拿起电话来，自己打过去。

然后在星期四下午两点左右，我独自走着，没有特别要去哪里。当我经过一家在五十七街处第八大道转角的报摊时，刚好瞄到《纽约邮报》的头版标题。我通常会等着买比较晚印的版本，但是那个标题吸引我买了它。

布罗菲尔死了。

17

当他在我对面坐下时，我没有抬眼就知道他是谁了。我说："嗨，艾迪。"

"我就猜我可以在这儿找到你。"

"不是很难猜，是吧？"我挥手向崔娜示意。"你喝什么？西格？给我朋友来一杯西格威士忌加水。我要再来点这个。"我对他说："你没有花太多时间就到了吧。我才来一小时，当然新闻早已跟着正午版的报纸传到街上，但是我在一个小时之前才碰巧看到。报纸说他是今天早上八点死的，对吗？"

"没错，马修，根据我看到的报告是这样。"

"他出了门，一部新款汽车停在人行道边，然后有人用一把短管散弹枪射了他两枪。一个学生说拿枪的男人是白人，但是不知道在车里的人，那个司机，是什么样。"

"没错。"

"其中一个是白人，车子是蓝色的，而枪被留在现场；我不认为没有指纹。"

"也许没有。"

"我不认为没有办法追踪那把短枪。"

"我还没听说，但是——"

"但是不会有任何办法去追踪。"

"我不认为有。"

崔娜送来喝的。我拿了我的，接着说："敬逝去的朋友们，艾迪。"

"没错。"

"他不是你的朋友。虽然你可能不相信，他更不是我的朋友。但这就是我们敬酒的方式，敬那些逝去的朋友。以前我依你要的方式敬过了，所以你也可以照我的方式喝。"

"你怎么说怎么是。"

"敬逝去的朋友们。"我说。

我们喝着。经过几天的减量之后，醉意似乎更袭人了。不过我一定没有失去我对酒的感觉，酒喝得很顺、很轻松，同时让我清醒得知道自己是谁。

我说："你想他们会查出是谁干的吗?"

"你要诚实的答案吗?"

"你想我会要你骗我吗？"

"不，我想你不会。"

"所以？"

"我不认为他们会去查是谁干的，马修。"

"他们会试吗？"

"我想不会。"

"你会吗？如果这是你的案子。"

他看着我。"嗯，我很老实地告诉你，"他想了一下之后说，"我不知道，我希望认为自己会尝试。我想有些——我想，操他妈的，我想一定是某些自己人干的。你他妈的还能怎么想？是不是？"

"没错。"

"不管是谁干的，他是个白痴，一个百分之百操他妈的白痴。他干的事比布罗菲尔想对警局做的伤害更大。干这事的人应该被吊死，而我希望能这样想：如果这是我的案子，我会用一切方法去追这个混蛋。"他垂下双眼。"但是老实说，我不知道我会怎样。我想我可能会跳过这些行动，把这件案子扫到地毯下面。"

"这就是他们为什么要在城外的皇后区动手的原因。"

"我没有跟他们谈过，事实上我不知道他们会这样做。但是如果他们用别的方法，我可能会很吃惊，你可能也会。"

"嗯。"

"你打算怎么做,马修?"

"我?"我瞪着他。"我?我该做什么?"

"我是说,你要试着去追吗?我不知道这是不是个好主意。"

"我为什么要这么做?艾迪?"我手掌向上,摊开双手。"他不是我的表亲,也没有人雇我去查谁杀了他。"

"这是真话?"

"真话。"

"你很难理解。我还以为我很懂你,结果我根本就不了解你。"他站起来,放了钱在桌上。"这回让我请。"他说。

"再待一会儿,艾迪,再喝一杯。"

他刚才的那杯酒只碰了一下,几乎没喝。"没时间了,"他说,"马修,你不必因此再度爬进酒瓶里,喝酒不会改变任何事情。"

"不会吗?"

"当然不。你还有你自己的生活,你有个正在交往的女人,你有——"

"不。"

"哦?"

"也许我会再见到她,我不知道,也许不会。在这之前她就该打电话了,而在这事情发生之后,你会想,如果那感觉是真的，她早该打了电话。”

"我不懂你在说什么。"

其实我不是在对他说。"我们在一起是天时地利。"我继续说，"所以看起来我们的出现好像对彼此都很重要，如果我们曾经有过机会，这个机会在今天早上枪声响起时就死了。"

"马修，你说的话没什么道理。"

"对我来说很有道理。也许这是我的错，我们也许会再见面，我不知道。但是不管我们会不会再见，事情都不会有所改变。人改变不了事情；每隔一阵子事情就会改变人，但是人不会改变事情。"

"我得走了，马修。少喝点，嗯？"

"当然，艾迪。"

∞

那晚某时我拨了她在富理森丘的电话号码；在我放弃并且拿回我的一角钱之前，电话响了十几声。

我拨了另外一个号码，一个气息奄奄的声音述着："七二五五。我很抱歉，现在没人在家，如果你在讯号声之后留下你的姓名和电话，我会尽快回你的电话，谢谢。"

讯号声响起，该我说话了，但是我似乎想不出任何事情可说。

.

.